AF189721

Der Diamantenplanet

Ingo Marschalk

Der Diamantenplanet

Phantastische Erzählung

© Ingo Marschalk, Bremen 2016
Ausgabe April 2019
Dieses Werk ist urheberrechtlich geschützt
Alle Rechte vorbehalten

Umschlaggestaltung: Christiane Hirsch
Fotoquellen:
Free-Photos/pixabay.com, skeeze/pixabay.com
Jens Lumm/photocase.de

Herstellung und Verlag: BoD – Books on Demand, Norderstedt

ISBN 978-3-7494-4975-0

Die Deutsche Nationalbibliothek verzeichnet diese Publikation in der
Deutschen Nationalbibliografie; detaillierte bibliografische Daten sind
im Internet über http://dnb.d-nb.de abrufbar.

Inhalt

1

Kavalierstart

In einem verschlafenen Dorf in der norddeutschen Tiefebene wurde eines diesigen Morgens die Stille von einem Dröhnen durchbrochen. Dicke Rauchwolken wälzten sich wie Lawinen durch alle Straßen und in die gekippten Schlafzimmerfenster. Bodo Holsteiner, der kauzigste Junggeselle von Worphude – wie jedenfalls die Nachbarn meinten –, hatte seine Rakete gezündet und donnerte in Richtung des grauen Himmels.

Die Rakete war eine Kashifuji Super Range 42 S, die Bodo aus Japan eingeführt hatte. Der Hersteller hatte sich für ein originelles Design entschieden und hatte ihr das Aussehen einer Kaffeekanne gegeben, mit Henkeln für den kontrollierten Gleitflug, um an eine alte Science-fiction-Serie zu erinnern, die im Hinblick auf die Requisiten ziemlich hemdsärmelig gemacht war. Das S in der Typenbezeichnung stand für silbern, ein Merkmal, das die Rakete inzwischen nicht mehr hatte, denn die Freunde des Raumfahrers hatten sie vom Bug bis zu den Schubdüsen mit Graffiti von Lebensformen verziert, auf die ihr Freund im Weltall möglicherweise stoßen könnte.

Als die ersten Hähne auf dem Mist zu husten begannen, wachten die ersten Bauern auf und fragten sich, woher der Gestank kam, hatte das letzte Osterfeuer doch eine Woche vorher aufgehört zu rauchen, und sein Qualm war auch beißender. Zur selben Zeit schoß Bodo aus der Wolkendecke, auf der die Sonne weiß gleißte. Schlagartig wurde die Rakete von Licht durchflutet.

Als er wenig später die Atmosphäre verließ, verblaßte das Blau des Himmels allmählich und der Himmel füllte sich mit Sternen. Zuerst waren nur die größten zu sehen; nach und nach kamen kleinere hinzu, bis der Himmel mit unzähligen winzigen Sternen übersät war; und hier und da waren schwache Nebelfelder zu sehen, die aussahen, als hätte jemand von innen gegen eine Fensterscheibe gehaucht, wenn es draußen dunkel ist. Bald würde er sich ihnen nähern, sagte Bodo sich, und dann würden sich Tausende weiterer Sterne herauskristallisieren. Sein Ziel war ein Planet, der um einen dieser Sterne kreiste. Er warf einen Blick zurück: Norddeutschland war von weißen Wolken bedeckt, in den Niederlanden dämmerte es, und

Großbritannien konnte er nur zur Hälfte sehen, der Westen lag vollkommen im Dunkeln, war schwarz wie das All, nur ohne Sterne.

Er brachte die Rakete in eine Umlaufbahn um die Erde, denn bevor er Kurs auf jenen Stern nehmen würde, hatte er einen Termin für ein Interview per Schaltung mit SFS, dem „Sieh-fern-Sender". Der Moderator Peter Langer saß, adrett im Anzug mit Krawatte, im Kölner Studio und begrüßte gerade seine Zuschauer: „Guten Morgen, meine Damen und Herren, ich begrüße Sie zu unserem Thementag! Heute dreht sich alles um die private Raumfahrt. Immer mehr gut betuchte Privatleute fliegen ins All – um Touristen spazieren zu fliegen, den Weltraum zu erforschen, aus Abenteuerlust oder weil sie einmal die Schwerelosigkeit erleben wollen. Mittlerweile starten täglich mehr private Raketen als Junkers-Museumsflugzeuge. Einer der privaten Raketenpiloten ist Bodo Holsteiner, der zur Zeit die Erde umkreist und nun live zugeschaltet ist."

Langer wandte sich einem Bildschirm zu, der schräg hinter ihm stand. Darauf erschien ein ungewöhnliches Bild: ein Mann mittleren Alters, dessen lange braune Haare sich in alle Richtungen ausstreckten und seinen Kopf umschwebten wie bei einer tauchenden Frau.

Langer eröffnete das Interview: „Guten Tag, Herr Holsteiner! Wie geht es Ihnen?"

„Gut", antwortete Bodo fröhlich, „ich fühle mich leicht und unbeschwert, geradezu schwerelos! Bitte mißverstehen Sie mich nicht, ich bringe bloß nichts mehr auf die Waage, es sei denn, ich schnalle mich an."

Langer schmunzelte. „Herr Holsteiner, Sie wollen die Umlaufbahn bald verlassen und weiterfliegen. Verraten Sie uns Ihr Ziel?"

„Mein Ziel ist ein Planet im Andromedanebel. Er heißt 4M1407 f." Nach einer kurzen Pause fügte er hinzu: „Man nennt ihn aber auch Reutow. Wenn ich dort ankomme, werde ich ungefähr zwei Millionen Lichtjahre zurückgelegt haben."

Langer preßte ein wenig Luft zwischen den Lippen hervor, so daß ein Geräusch entstand, wie wenn eine Seifenblase platzt, und verharrte kurz mit vorgeschobenen Lippen und weit geöffneten Augen.

Bodo fuhr fort: „Ich will die Kruste des Planeten auf Minerale untersuchen."

„Wenn Sie so weit fliegen, müssen Sie ja extrem schnell sein", meinte Langer, der seine Sprache wiedergewonnen hatte, „wenn Sie nicht den Rest Ihres Lebens in der Rakete verbringen wollen."

„Ja, aber das ist beim heutigen Stand der Technik kein Problem mehr, die modernen Raketen sind schnell genug. Aber man kann die Geschwindigkeit nur dann richtig ausnutzen, wenn man wochenlang stark beschleunigt, und das bringt gewisse Unannehmlichkeiten mit sich."

„Gibt es dafür noch keine technische Lösung?" fragte Langer. „Im Kino wird einfach die Trägheit der Insassen neutralisiert. Ist das in der Wirklichkeit immer noch nicht möglich?"

„Ich glaube kaum", erwiderte Bodo, „zwar werden gelegentlich Raketen mit einer solchen Funktion angeboten, aber ich glaube nicht daran. Das ist reiner Humbug."

„Aber wieso? Früher glaubten die Menschen doch, die Erde wäre eine Scheibe, und niemand konnte sich vorstellen, daß wir jemals ins All fliegen würden."

„Nun ja, da haben Sie im Grunde genommen recht." Bodo räusperte sich und überlegte kurz.

Dann erläuterte er: „Aber die Trägheit aufzuheben wird deshalb nie gelingen, weil es unmöglich ist. Trägheit bedeutet, daß man einem Körper Energie zuführen muß, um ihn zu beschleunigen. Könnte man die Trägheit eines Raumfahrers aufheben, dann könnte man ihm Energie zuführen – denn Bewegung ist Energie –, ohne ihm Energie zuzuführen. Der Widerspruch liegt klar auf der Hand. Das heißt, all diese Angebote über Raketen mit Trägheitsneutralisation sind Betrug!"

Damit wurde Langer zum ersten Mal im Leben mit einem schlüssigen Argument konfrontiert. Dieser für gewöhnlich so beredte und selbstsichere Fernsehmann starrte nun mit heruntergeklapptem Unterkiefer auf den Bildschirm, der Bodo anzeigte. Allmählich erlangte er die Fassung zurück und wandte ein: „Aber die Hersteller sind doch seriöse Unternehmen, und eine Rakete, die nicht wie erwünscht funktioniert, würde doch niemand kaufen."

„Tja, ich weiß auch nicht … Manche Käufer haben anscheinend so viel Geld, daß sie nicht mehr darauf achten, wofür sie es ausgeben, und manche Händler nutzen das aus und drehen ihnen irgendeinen Quatsch an."

Langer machte ein gekränktes Gesicht, obwohl der Vorwurf gar nicht ihm galt, und wechselte das Thema: „Herr Holsteiner, Sie machen ja auch verschiedene Versuche. Was für Versuche sind das?"

„Zum Beispiel habe ich gerade getestet, wie lang Seifenblasen hier oben halten. Leider weiß ich gerade nicht, wie lang sie auf der Erde halten. Können wir vielleicht mal eben vergleichen?"

„Es tut mir leid", sagte Langer leicht belustigt. „Ich habe gerade keine Seife zur Hand. Aber Sie machen doch auch Experimente für die Wissenschaft."

„Ja, verschiedene. Unter anderem habe ich Begonien an Bord, deren Wurzelwachstum ich beobachte. Ziel ist, herauszufinden, in welche Richtung die Wurzeln in der Schwerelosigkeit wachsen. Vielleicht haben Pflanzen Sinnesorgane für die Schwerkraft."

„Machen Sie auch Experimente, die einen praktischen Nutzen haben?"

„Ja, ich untersuche beispielsweise, wie Suppe in der Schwerelosigkeit aussieht. Wie jeder weiß, schwimmen Fettaugen oben. In der Schwerelosigkeit hingegen sieht die Suppe ganz anders aus, eher kugelförmig, und möglicherweise schmeckt sie auch ganz anders, weil die Fettverteilung anders ist."

„Wofür ist das wichtig?"

„Das ist wichtig für das Soup-Design in der Gastronomie der Raumstationen", antwortete Bodo. Langer wollte schon nachfassen, als Bodo ergänzte: „Wer bezahlt, bestimmt eben, was untersucht wird."

Daraufhin fragte Langer: „Machen Sie auch Experimente, deren Ergebnisse für das Leben *auf der Erde* nützlich sein könnten?", während ihm eine verschmitzte Assistentin unauffällig ein Fläschchen Pustefix und eine Stoppuhr auf den Tisch stellte.

„Allerdings!" antwortete Bodo. „Die Wissenschaft hat bekanntlich schon vor Jahren festgestellt, daß Fusseln sich häufig im Bauchnabel ansammeln. Sie kommen aus der Kleidung und bewegen sich mit einer Geschwindigkeit von ungefähr anderthalb Zentimetern pro Stunde zum Bauchnabel und treffen sich dort. Aber man weiß nicht, warum sie gerade dorthin rutschen. Meine Aufgabe besteht darin, auf meinem Raumflug zu untersuchen, ob sich die Schwerelosigkeit auf die Rutschrichtung der Fusseln auswirkt. Wenn ja, dann müssen die Ansammlungen etwas mit der Erdanziehungskraft zu tun haben."

„Und wofür ist das nützlich?" fragte Langer mit verwundert hochgezogenen Augenbrauen.

„Das ist eben Grundlagenforschung!" versetzte Bodo, inzwischen leicht verstimmt.

Langer stutzte, besann sich kurz und sagte dann: „Herr Holsteiner, vielen Dank für das Gespräch, und einen guten Flug!"

Die Zuschauer, die von den Lippen ablesen konnten, sahen Bodo noch „Das ging ja schnell" sagen, bevor er vom Monitor verschwand. Er wunderte sich, daß Langer nicht genauer wissen wollte, für welche Minerale er sich interessierte, aber das war ihm auch ganz recht.

2

Der lange Schlaf

In den folgenden Wochen führte Bodo die Experimente durch, dokumentierte ihre Ergebnisse und funkte sie zur Erde, darunter ungefähr fünfhundert Nahaufnahmen seines Nabels. Dann zündete er seine Rakete erneut, um die Umlaufbahn zu verlassen und Kurs auf Reutow zu nehmen. Als Wochen später die Reisegeschwindigkeit erreicht war, bereitete er sich auf den langen Schlaf vor.

Zwar dehnte das Universum sich aus, aber nicht schnell genug, als daß es dank Kashifujis neuen Schnellraketen mit besonders großer Reichweite nicht kleiner geworden wäre. In einem jahrzehntelangen Kopf-an-Kopf-Rennen war es Kashifuji gelungen, seinen größten Wettbewerber Tohatsu in puncto Geschwindigkeit weit hinter sich zu lassen. Kashifujis Antrieb beruhte auf einer völlig neuartigen Technik. Da Bodos Flug zum Reutow aber auch mit seiner brandneuen Kashifuji mehrere Jahrzehnte dauern würde und er nicht als Greis zur Erde zurückkehren wollte, hatte er ein Hypnotron an Bord. Dabei handelte es sich um ein schmales Bett mit Glasdeckel, wie es jede Nacht von manchen Hollywoodschauspielern oder Popstars benutzt wird, die gern für immer jung aussehen möchten. Es war von der US-amerikanischen Arzneimittelbehörde für unschädlich erklärt worden, und da es dem Schlafenden auch Energie zuführte, sollte es laut Hersteller auch für den pausenlosen jahrelangen Einsatz geeignet sein. Dabei wurde ein völlig neuartiger Konservierungsstoff vernebelt, was weniger riskant sein sollte als der herkömmliche Kälteschlaf. Neben dem Tank für den Konservierungsstoff gehörte einer für Schlafmittel zu dem Apparat. Letzteres war bereits eingefüllt; den Konservierungsstoff, dessen Verbrauch höher war, führte Bodo in Kanistern mit. Er hatte sie in der Vorratskabine verstaut, unmittelbar neben den Kanistern mit dem Annihilitikum, das er benutzte, um den Müll zu zersetzen. Verwechseln konnte er sie nicht, da auf jedem Kanister mit Annihilitikum ein Gefahrstoffzeichen prangte. Er klemmte sich vier Kanister mit Konservierungsstoff zwischen die Beine, stieß sich ab und sauste diagonal durch die Kabine zum Hypnotron. Dort schraubte er den Verschluß des Tanks ab und ließ den ersten Kanister genau über der Öffnung schweben. Vernehmlich schlürfend und rauschend, saugte der Apparat

17

die Flüssigkeit ein, während die Nadel der Tankanzeige sich langsam über die Skala bewegte. Als der Tank voll und die vier Kanister bis auf einen kleinen Rest leer waren, schaltete Bodo den Autopiloten ein.

Nachdem er sich besonders gründlich die Zähne geputzt hatte, legte er sich in das Hypnotron, schnallte sich an und löschte das Licht. Dann schloß er den Glasdeckel und legte sich aufs Ohr. Da die Rakete inzwischen Reisegeschwindigkeit erreicht hatte und die Triebwerke abgeschaltet waren, herrschte völlige Stille; einzig das Ticken eines elektrischen Weckers, den Bodos Ururgroßvater im vorletzten Jahrhundert gekauft und den Bodo in einer nostalgischen Stimmung eingepackt hatte, war zu hören.

Bodo hatte Ohrenrauschen. Schon nach kurzer Zeit erschien vor seinem geistigen Auge eine Blume, deren Blüte sich etwa einmal pro Sekunde ruckartig drehte, was von einem rhythmischen surrenden Geräusch begleitet wurde, wie von einer Maschine. Zudem verströmte diese Blume einen penetranten Geruch. Bald schlief er ein.

Sein Schlaf war unruhig. Er träumte, er stand auf dem Worphuder Marktplatz, auf sein Fahrrad gestützt, und die Leute hielten ihn für einen Gammler, sie waren empört … Er saß niedergedrückt in seiner Rakete, die unmittelbar unter der Oberfläche im Meer trieb, nur der oberste Teil ragte aus dem Wasser wie ein Wal beim Luftholen, und mehrere fröhliche Männer und Frauen fuhren darauf mit Hollandrädern hin und her … Er streichelte in der Rakete eine schwarze Dogge, und als er sich abwandte, um zur Steuerungskonsole zu gehen, hielt sie ihn mit der Pfote fest … Er hatte ein Exemplar einer Lebensform, die ihm völlig unbekannt war, auf dem Arm; es war weiß und dicklich, anscheinend war es ein Junges, dessen Augen geschlossen waren. Es wurde langsam länger, es streckte sich aus, und dann zog es sich wieder zusammen und krümmte sich ein wenig, als wolle es sich einrollen, bis es sich wieder ausstreckte, und so fort. Die Bewegung erinnerte Bodo an eine Raupe.

Im Verlauf der ersten Wochen wurde er ruhiger, und der Ereignisreichtum der Träume ließ nach. Er schlief friedlich, während die Rakete lautlos durch den Weltraum schoß. Nur das Licht der Sterne, das durch die Fenster hereinschien, erhellte den Raum ein wenig, in dem Bodo, blaß wie ein

Vampir, unter der Glasplatte lag, während seine Haare und sein Bart wuchsen. Gelegentlich wurde es hell, wenn die Rakete durch die Umgebung eines Sterns flog, aber das dauerte nie länger als einen Monat, und die Wirkung von Bodos Schlafmittel wurde dadurch nicht verringert. Erst nachdem er die Galaxis verlassen hatte, umgab ihn jahrzehntelang stockfinstere Nacht, nur die Tankanzeigen des Hypnotrons und die Knöpfe in der Steuerungskonsole verbreiteten einen schwachen Schimmer.

Nach dreißig Jahren wurde Bodo vom Klingeln des Autopiloten geweckt. Es war in der Rakete bereits wieder heller, da die Sonne des Planetensystems, zu dem Reutow gehörte, durch die Fenster hereinschien. Seine Träume hatte Bodo völlig vergessen. Er hob den Kopf und stieß gegen den Glasdeckel des Hypnotrons. Das erinnerte ihn daran, wo er war. Langsam klappte er den Deckel hoch, schnallte sich ab und setzte sich auf. Ihm war übel und schwindelig, das ganze Raumschiff schien sich um ihn zu drehen. Er stieß sich leicht ab und schwebte langsam in der Sitzposition in den Waschraum, um in den Spiegel zu sehen. Er war ein wenig aufgedunsen, und er hatte einen wallen-

den braunen Bart. Nach der Rasur und dem Frühstück hatte er sich erholt und war neugierig, wie
die Aussicht war.

3

Bodo sammelt Erfahrungen

Bodo warf einen Blick durch die vorderen Fenster: die Sonne strahlte aus der Schwärze heraus, und links davon leuchtete ein rötlicher Zwerg, der sie umkreiste. Es war ursprünglich ein riesiger Gasplanet, der sich entzündet hatte und im Laufe der Zeit großenteils abgebrannt war. Reutow war als blauer Punkt in der Finsternis zu erkennen. Bodo hatte noch Zeit, bevor er dort landen würde.

Er warf einen Blick auf die Konservierungsstoff-Tankanzeige des Hypnotrons: eigenartigerweise stand die Nadel beinahe auf Null. Bodo runzelte die Stirn. Er wollte eigentlich mit einer Füllung hin- und zurückfliegen, der Tank hätte noch dreiviertel voll sein müssen, denn das Hypnotron sollte nicht einmal einen Liter im Jahr verbrauchen. War womöglich ein Loch darin, oder hatte Bodo sich beim Einfüllen versehen? Er kramte die Bedienungsanleitung hervor und las entgeistert, das Hypnotron verbrauche nicht einen Liter im Jahr, sondern eine *Gallone!* Wütend versetzte er dem Hypnotron einen Tritt, wodurch er sich abstieß und einen Salto vorwärts vollführte. Währenddessen stieß er derbe Flüche über den amerikanischen Hersteller aus. Nach einer Umdrehung fing er sich und begann sich zu sorgen. Falls er auf dem Rückflug zur Erde zu sehr alterte, könnte er sterben! Beklommen begann er auszurechnen, ob der Konservierungsstoff reichen würde. Sogleich fiel ihm ein, daß die Reservekanister, die noch in der Vorratskabine lagerten, genügen müßten, um den Tank noch einmal zu füllen, und er beruhigte sich. Falls er damit nicht auskäme, wäre er bei seiner Ankunft auf der Erde höchstens ein paar Jahre älter.

Gegen Mittag (nach heimischer Zeit) sah Bodo noch einmal aus den vorderen Fenstern, und nun konnte er den Diamantenplaneten schon deutlich erkennen, aber die Hälfte fehlte. Zumindest schien es so. Bodo wußte natürlich, daß die andere Hälfte schlicht im Dunkeln lag. Die Hälfte von Reutow, die der Sonne zugewandt war, sah er deutlich: er konnte die blauen Ozeane von den dunkelgrauen Landmassen unterscheiden.

Nach wenigen weiteren Tagen war er Reutow so nah, daß der Planet beinahe die Hälfte der Himmelskugel verdeckte. Die Landflächen sahen wüst aus, aber in einem weitläufigen Gebiet, das sich

um den vierzigsten Grad nördlicher Breite aus-
dehnte, waren im Teleskop Dünen zu erkennen,
also gab es Gase und Wind, wie Bodo erwartet hatte.

Dieser Planet ähnelte der Erde, hatte aber eine
äußert hohe Dichte, was Wissenschaftler daraus
geschlossen hatten, wie sehr er sein Zentralgestirn
dadurch, daß er es umkreiste, hin- und herschwin-
gen ließ. Das veranlaßte Bodo zu der Vermutung,
er müsse zu einem großen Teil aus Diamanten bestehen, dem dichtesten und härtesten Stoff, den es
in der Natur gibt. Hier gab es sicherlich mehr Diamanten als in allen Minen auf der Erde zusammen,
und sie lagen hier seit Jahrtausenden, weil niemand
etwas von ihnen wußte. Allerdings könnte dieser
Planet aus einem einzigen riesigen Diamanten bestehen, von einer dünnen Staubschicht bedeckt.
Das wäre Pech, denn einen so großen Diamanten
könnte Bodo nicht abtransportieren. Für den Nor-
malfall, daß einzelne Diamanten unter der Oberfläche lagen, hatte er eine Bohrmaschine in der pas-
senden Größe dabei.

Aber vielleicht mußte er gar nicht bohren, sondern nur klettern. Im Teleskop hatte Bodo in einer
Gegend, in der der Boden sehr dunkel war, mehre-

re Spalten entdeckt, die offensichtlich nicht innerhalb von Jahrtausenden von einem Fluß in den Boden geschnitten worden waren, vielmehr waren die Spalten in ihrer Länge begrenzt und liefen zu den Enden hin spitz zu, als sei die Kruste des Planeten aufgeplatzt. Möglicherweise waren dort wegen der inneren Wärme Diamanten hochgedrückt worden. Vielleicht brodelte es noch unter der Oberfläche. In der Nähe wollte Bodo landen, mit beträchtlichem Sicherheitsabstand.

Die Aussicht, wieder festen Boden unter den Füßen zu haben – und massenhaft Diamanten in seinen Besitz bringen zu können –, ließ sein Herz höher schlagen. Er ließ die Rakete die Füße abspreizen und landete rückwärts in einer asphaltfarbenen Sandwüste. Dabei wirbelte er so viel Staub auf, daß die Rakete vollständig von einer Wolke umhüllt wurde, in der der Staub und der Rauch der Rakete sich mischten.

Während die Staubwolken vor den Fenstern herumwirbelten, versuchte Bodo aufzustehen. Unter dem Einfluß der Schwerkraft hatte er das Gefühl, im Pilotensessel festzukleben. Langsam beugte er sich vor und nutzte sogleich die Gelegenheit, seine Bauchmuskeln zu trainieren: er kreuzte die

Hände vor der Brust und machte zwanzig Sit-ups. Dann stand er kraftvoll auf, kletterte nach unten in den hinteren Teil der Rakete und machte genüßlich zwanzig Kniebeugen. Schon spürte er, wie seine Vitalität zurückkehrte. Dieser neuartige Konservierungsstoff war wirklich gut.

Als die Wolken sich verzogen hatten, sah er aus dem Fenster und ließ den Blick schweifen: der Himmel war blau, und die Sonne schien; dennoch war es nur mäßig hell, denn der Boden schluckte viel Licht. Dann schickte er seinen Alchemisten hinaus, wie er ihn nannte, das heißt den Roboter, der „alles Chemische mißt". Dieser funkte wenig später atmosphärische Daten zu seiner Basisstation in der Rakete: es war sommerlich warm, und die Luft enthielt genug Sauerstoff. Das überraschte Bodo; damit hätte er in einer Milliarde Jahren erst gerechnet. Aber er freute sich, denn er würde draußen kein Atemgerät tragen müssen, sondern nur den Rucksack mit seiner Kletterausrüstung und ein paar Sachen für den Notfall, denn im Falle eines Falles ist richtig fallen alles!

Er öffnete die Ausstiegsluke, setzte seine Sonnenbrille auf und blickte durch die getönten Gläser beinahe ehrfürchtig in eine völlig unberührte Welt.

Er sah eine Dünenlandschaft, die nur aus feinem dunkelblaugräulichem Sand zu bestehen schien, der glitzerte und anmutete wie jungfräulicher Schnee auf einer negativen analogen Fotografie in der Sammlung seines Ururgroßvaters. Ein Weilchen blieb er in der offenen Luke stehen und blickte achtsam in diese neue Welt. Dann trat er aus der Rakete und machte die ersten beiden Fußabdrücke auf dem Planeten. Er hielt kurz inne, und ihm fiel auf, daß es vollkommen still war, bis auf ein leises metallisches Knistern, das von der Triebwerksverkleidung der Rakete ausging. Dann wanderte er los in die Richtung, in der die Bodenspalten sein müßten. Die Luke der Rakete ließ er offen.

Nachdem er Jahrzehnte in der Rakete verbracht hatte, auch wenn er die meiste Zeit verschlafen hatte, freute er sich, wieder mehr als wenige Meter gehen zu können. Der Sand war so locker, daß seine Fersen bei jedem Schritt einsanken; aber seine Fußabdrücke waren nicht deutlich, da nach jedem Schritt ein wenig Sand hineinrutschte. Auf diesem Boden war das Gehen ein wenig beschwerlich, dennoch überwältigte ihn nach wenigen Schritten das Gefühl von Freiheit und Freude. Er beugte sich kurz hinunter, nahm zwei Hände voll Sand und warf ihn in die Luft. Ein paar Schritte weiter fiel er auf die Knie, ließ sich den Sand durch die Finger rinnen und drückte seine Wange an den Boden. Erfreut und erregt stand er wieder auf, zog sich die Schuhe und die Socken aus, steckte sie in den Rucksack und wanderte barfuß weiter. Er hatte es noch nie so sehr genossen, Sand unter den Füßen und warmen Sommerwind auf der Haut zu spüren. Er drehte sich um und richtete seinen Blick auf die Rakete. Mit ihren Graffiti hob sie sich scharf von dem azurblauen Himmel ab. Bodo hatte den Eindruck, so klar und deutlich zu sehen wie nie zuvor.

Nach wenigen Minuten erreichte er ein flaches, breites Flußbett, das ausgetrocknet war und dessen Grund geriffelt war und besonders stark glitzerte. Dieser Anblick bezauberte Bodo. Er hielt inne und betrachtete das Flußbett. Zum ersten Mal seit Jahren sah er wieder etwas Natürliches, und das Leben drang wieder in ihn ein. Dann durchquerte er mit klatschenden Geräuschen das Flußbett, wobei er deutliche Fußabdrücke hinterließ, der Grund war noch ein wenig feucht. Am anderen Ufer verursachten seine Füße einen kleinen Sandrutsch, die Füße rutschten mit, Bodo verlor das Gleichgewicht und fiel auf den Bauch. Das störte ihn aber nicht im geringsten. Er stand auf, klopfte sich den Staub vom Bauch, von den Knien und den Unterarmen und setzte seinen Weg leichten Herzens fort. Sein Frohsinn überraschte ihn. Bis dahin hatte er nicht gewußt, daß er so glücklich sein konnte. Eigentlich war es unglaublich: er fühlte sich in dieser Wüste leichter als auf der Erde. Wie froh könnte er dann in einem grünen Eden sein? Zuversicht erfüllte ihn, er hatte das Gefühl, sein ganzes Leben noch vor sich zu haben. Die Freude über dieses Erlebnis beflügelte seine Schritte, als er durch den lockeren Sand weiterstapfte.

Nach ein paar Kilometern erspähte er in der Ferne einen großen weißen Kasten. Bodo erschrak und blieb wie angewurzelt stehen. Er fragte sich, ob jemand vor ihm gelandet sei und dieses Ding dahin gebracht habe. War vielleicht jemand in der Nähe, der ihn beobachten könnte? Er sah sich hektisch in alle Richtungen um, wobei sein Blick auf seine Fußspuren fiel, und ihm war ziemlich unbehaglich zumute, als ihm klar wurde, daß man ihn von jedem Punkt der Spur bis zur Rakete oder bis hierher verfolgen könnte. Vorsichtshalber kramte er schon einmal seine Pistole aus dem Rucksack hervor. Er hatte nicht damit gerechnet, sie vielleicht benutzen zu müssen. Lauschend, ob etwas Auffälliges zu hören sei, pirschte er sich näher an den Kasten heran. Als er eine Düne überquerte, wobei das ganze weiße Gebilde in sein Blickfeld rückte, erkannte er, es müsse ein kleines Bauwerk sein, etwas größer als eine Telefonzelle. Zehn Schritte entfernt stand ein Schild mit einem Kreis, der von mehreren kleinen Kreisen umgeben war. Niemand war in der Nähe zu sehen, auch keine Fußspuren, also steckte Bodo die Pistole in seinen Gürtel. Er trat näher an den Kasten heran und sah daran eine rechteckige Platte, die an eine Kühlschranktür erinnerte, sie war mit einem Dichtungsgummi und einem Griff versehen.

Nun war Bodo sicher, auf diesem Planeten nicht allein zu sein. Aber wer um Himmels willen baut ein freistehendes Kühlhäuschen in die Wüste? Dieser Jemand war sicherlich nicht allein, und er hatte sich auf einen längeren Aufenthalt eingestellt oder darauf, häufiger zurückzukehren. Sicherlich hatten dieselben Leute schon einen großen Teil der Diamanten abgebaut, oder verfolgten sie vielleicht ganz andere Absichten?

Bodo stand vor der Tür und grübelte. Er wollte nicht unverrichteter Dinge wieder abfliegen, aber wenn er seinen Konkurrenten begegnen sollte, könnte es zu einem Kampf kommen. Im Wilden Westen hat sich gezeigt, wie manche sich benehmen, wenn das Faustrecht gilt. Bodo hatte zwar eine Pistole, aber die anderen waren sicherlich in der Mehrzahl. Er beschloß, sich wenigstens noch etwas weiter vorzutasten und dieses mutmaßliche Kühlhäuschen zu untersuchen. Sollte die Situation kritisch werden, dann könnte er immer noch fliehen.

Er umrundete das Häuschen und besah es von allen Seiten, ohne noch etwas Besonderes zu entdecken. Dann zog er vorsichtig am Türgriff, aber die Tür gab nicht nach. Langsam verstärkte er den Zug, und die Tür öffnete sich mit einem schmatzenden Geräusch. Bodo spürte kühle Luft an seinen nackten Füßen, aber in diesem Häuschen begann anders als in einem Kühlschrank kein Licht zu brennen. Die Innenwände waren schwarz. Bodo ließ seine Sonnenbrille ein Stückchen auf der Nase herunterrutschen und blickte darüber hinweg. Im Halbdunkel sah er Stufen, die halb so hoch waren, wie er es kannte, und in die Tiefe führten. Diejenigen, für deren Füße diese Treppe ausgelegt war, mußten Zwerge sein.

Nun fühlte Bodo sich mit einer Körpergröße von einem Meter achtzig ziemlich mächtig. Er zog seine Socken und seine Schuhe über seine schmutzigen Füße und steckte seine Sonnenbrille in den Rucksack. Heraus holte er seine Taschenlampe und schaltete sie ein. Damit stellte er sich seitwärts auf die obersten Stufen und schloß die Tür hinter sich. Er wandte sich zum Hinuntergehen und sah im Schein der Taschenlampe, wie sich die Treppe nach links krümmte. Auf jeder Stufe auf den Absätzen balancierend, ging er langsam um die Kurve, und er befand sich auf einer Wendeltreppe, die sich senkrecht in die Tiefe schraubte. Da er oben vor der Tür keine Fußspuren gesehen hatte, rechnete er nicht damit, daß ihm jemand entgegenkommen könnte, dennoch mußte er vorsichtig sein, um nicht versehentlich zu weit zu gehen.

4

Schüsse im Dunkeln

Die Luft war kühl, aber dennoch ein wenig stickig. Nachdem Bodo rund zwanzig Schritte auf der Wendeltreppe abgestiegen war, hörte er ein leises Brummen. Er hielt inne und lauschte. Es veränderte sich nicht, daher stieg er langsam weiter hinab. Je weiter er hinunterging, um so deutlicher wurde es.

Bodo war sicherlich dreißig Meter hinabgestiegen, als die Treppe endete und ein Gang geradeaus weiterführte. Zwei Schritte vor ihm fiel der Schein der Taschenlampe auf eine Tür ohne Klinke oder Griff. Offensichtlich war sie von der anderen Seite auf die Türöffnung gesetzt worden. Bodo trat näher heran. Auch hier war ein Dichtungsgummi zwischen Tür und Wand. Er schaltete die Lampe aus. Im Dunkeln sah er, daß kein Licht durch etwaige Ritzen fiel, nur das gedämpfte Brummen war zu hören.

Er drückte gegen die Tür, verstärkte langsam den Druck, und sie gab nach, was Bodo vor allem an dem Lärm merkte, der ihm entgegenschallte. Es war ein Gemisch aus tiefem und hohem Rauschen sowie regelmäßigem metallischen Quietschen. Anscheinend lag ein großer, dunkler Raum vor ihm, in dem irgendwelche Maschinen arbeiteten. In Anbetracht der Dunkelheit war außer Bodo sicherlich niemand anwesend.

Er machte einen Schritt vorwärts in den Raum hinein. Da bemerkte er wenige Schritte vor sich in Bauchhöhe ein schimmerndes rotes Licht, das auf eine Reihe nebeneinanderliegender kurzer Rohre leuchtete. Auf einmal ratterte ein Kasten über die sich drehenden Rohre durch den roten Lichtschein, kurz darauf folgten weitere. Darüber war noch eine Rollenbahn mit kleinen roten Lichtern, auf der Kästen in entgegengesetzter Richtung entlangratterten, und hinter jeder dieser beiden weitere Bahnen, und auf jeder ratterten die Kisten in die andere Richtung als die vorderen. Bodo wandte sich nach links und sah weitere rote Lichter in regelmäßigen Abständen, durch deren Schein die Kästen fuhren. Anscheinend war aber niemand hier, der ihn hätte sehen können.

Er machte noch einen Schritt nach vorn, und da er sich unbeobachtet glaubte, schaltete er seine Taschenlampe ein. Nun konnte er die Kästen schräg von oben sehen: es waren blaue Wannen. Er trat an die vordere Rollenbahn, beugte sich darüber und leuchtete in die Wannen, während sie vorüberfuhren. Da sah er in einer Wanne einen Diamanten von ebenmäßigstem Schliff, der im Licht der Lampe glänzte und funkelte. In der nächsten sah er einen Brillanten, höchst facettenreich; dann fuhren einige kleinere zusammen in einer Wanne durch den Schein von Bodos Lampe; dann ein kleinerer allein, die Wanne war fast völlig leer; dann ein ganz besonders großer mit rötlicher Färbung … Offensichtlich wurden die Diamanten nicht nur bereits in großem Stil abgebaut, sondern sogar geschliffen.

Damit war die ganze Reise umsonst. Bodo war schockiert. Für einen kurzen Moment sah er Sterne im Dunkeln, die Kräfte verließen ihn, und er konnte die Taschenlampe nicht mehr halten. Sie fiel in eine Wanne, die mit ihr ratternd nach rechts in einen niedrigen Tunnel fuhr. Die Lampe leuchtete schwach und blau durch die Wand der Wanne, und hell schien ihr weißes Licht an die Decke des Tunnels, bis sie um die Kurve fuhr und es in dem Tunnel wieder dunkel war.

Bodo war bestürzt. Nun könnte er sich nicht mehr zurückziehen, ohne Spuren hinterlassen zu haben. Er faßte sich und begann nachzudenken.

Seine Lampe könnte ihn verraten. Wahrscheinlich gab es hier Arbeiter, die den ganzen Betrieb nach ihm absuchen würden. Aber vielleicht würden sie auch denken, die Lampe gehöre einem von ihnen. Ihn überlief ein Frösteln. Allzu lange wollte er nicht mehr bleiben. Aber was war mit den Schätzen dieses Planeten? Der Diamantenbaron, der dieses Gebiet in Besitz genommen hatte, war sicherlich sehr mächtig; ihm eine Zusammenarbeit anzubieten wäre überflüssig.

Inzwischen hatten seine Augen sich an die Dunkelheit gewöhnt, und er bemerkte auf der linken Seite zahlreiche Abzweigungen von den Rollenbahnen, die in ebenerdige, zwei Meter hohe Höhlen oder Tunnel führten. Unterhalb jeder Rollenbahn war ein schnelles Fließband installiert, auf dem gelegentlich kleine, unförmige Päckchen aus den Höhlen sausten.

Bodo nahm im Licht der roten Lämpchen mit schnellen Handbewegungen ein paar Diamanten aus vorbeiratternden Wannen und steckte sie in die Tasche. Dann ging er ein paar Schritte auf die nächste Höhle zu und sah hinein. Im Dunkeln sah er zwei Augen, in denen sich das spärliche rote Licht spiegelte, die groß waren wie Tennisbälle und ziemlich weit auseinander standen. Sie starrten ihn an. Bodo erschrak, anscheinend hatte er ein großes Tier vor sich. Er zog blitzschnell seine Pistole und schoß ihm – wegen des lauten Rauschens und eines Schalldämpfers an der Waffe unhörbar – zwischen die Augen. Die aber zwinkerten nur kurz. Bodo feuerte mehrere Schüsse ab, aber die Augen starrten ihn nur aufgerissen an. Kurz darauf verschwanden sie im Dunkeln.

Bodo ergriff die Flucht. Über der Tür, die zur Treppe führte, schimmerte etwas. Er warf den Kopf in den Nacken und sah im Vorüberlaufen dieses Piktogramm:

Er beachtete es nicht weiter, sondern hastete zur Treppe in die völlige Dunkelheit und stieg mit großen Schritten auf den Zehen hinauf, während er vor jedem Schritt die Hände an die Seitenwände drückte, um nicht zu stürzen, wenn er eine Stufe verpaßte. In der rechten hielt er noch die Pistole, so daß er den Handrücken an die Wand drücken mußte. Er hatte das Gefühl, viel zu langsam voranzukommen, die Treppe schien sich endlos in der Finsternis hinzuziehen. Jeden Moment befürchtete er, etwas würde nach ihm schnappen.

Endlich oben im Freien angekommen, warf er die Tür hinter sich zu und lief mit fliegenden Haaren in Richtung seiner Rakete. Es war sehr anstrengend, durch den lockeren Sand zu laufen, und schon nach einigen hundert Metern hatte er sich völlig verausgabt. Er verlangsamte seinen Lauf und sah sich kurz um. Niemand folgte ihm. Er steckte die Pistole in den Gürtel und legte die letzten Kilometer im gemäßigten Dauerlauftempo zurück. Er hatte Seitenstechen. Keuchend und völlig verschwitzt, erreichte er die Rakete. Er stieg ein, schloß die Luke und prüfte durch die Fenster in allen Richtungen, ob sich jemand näherte. Obwohl er niemanden sah, startete er sofort den Antrieb, um die Gefahrenzone zu verlassen. Eine riesige Rauch- und Staubwolke war das letzte, was er auf dem Planeten hinterließ.

Als Bodo auf Erdkurs war und der Autopilot den Kurs hielt, blickte er zurück und begann zu überlegen. Das schimmernde Schildchen über der Tür in der unterirdischen Halle kam ihm wieder in den Sinn. Er hatte es im Vorüberlaufen nur undeutlich gesehen, aber er begann zu ahnen, warum seine Schüsse nicht getroffen hatten. Er fragte sich, ob diese Diamantensammler und -schleifer Reutower waren oder von einem anderen Planeten stammten. Ungeachtet dessen beschloß er, keinen Konflikt zu riskieren und zur Erde zurückzufliegen. Die Diamanten, die er in den Taschen hatte, wogen zusammen sicherlich rund vierzig Karat.

Einen gab er dem Alchemisten, der wie erwartet meldete: hundert Prozent Kohlenstoff, höchster Härtegrad. Bodo plante, sie an der Diamantbörse in London zu verkaufen. Mit dem Erlös könnte er wenigstens einen Teil seiner Flugkosten decken. Er schüttete sie in eine Schublade. Dann wollte er sich noch einmal überzeugen, daß er nicht verfolgt wurde, und spähte noch einmal durch die Fenster ins All und auf Reutow. Der Planet sah von hier aus wieder völlig unberührt aus.

Später hörte Bodo noch ein wenig Musik. Schon als er in der Umlaufbahn der Erde experimentierte, hatte er viel Musik gehört. Sie vermittelte ihm etwas von der Schönheit der Erde. Er war ein großer Verehrer der folkloristischen Popmusik. Wohlklingende Streichinstrumente, gezupfte Kontrabässe und süße Frauenstimmen bewegten ihn tief. Er schloß die Augen und fühlte sich wie zu Hause, wenn die Musik das Wohnzimmer erfüllte.

Sei es, daß die Erlebnisse des Tages ein großes Ruhebedürfnis ausgelöst hatten oder daß er sich vollkommen auf seinen Autopiloten verließ, er ging früh schlafen. Zuvor mußte er rund dreieinhalb Kanister Konservierungsstoff in den Tank des Hypnotrons füllen. Danach standen noch ein voller

Kanister und ein kleiner Rest in der Vorratskabine. Nachdem er sich die Füße gewaschen hatte, legte er sich ins Hypnotron. Als er schlief, träumte er, daß er sich die Fernbedienung seines CD-Spielers, die aus Schokolade war, genüßlich einverleibte.

5

Der Rückflug fällt ins Wasser

Bodo war noch in Reutows Schwerefeld, als der Arbeitsspeicher des Bordcomputers sich wegen eines Softwarefehlers langsam zu füllen begann. Als er voll war, wuchs die Anzahl der für laufende Programme benötigten Daten immer noch, so daß große Mengen in den Swapspeicher ausgelagert werden mußten. Als dieser auch voll war, konnte der Autopilot Kursabweichungen nicht mehr schnell genug korrigieren, weshalb die Flugbahn der Rakete unter dem Einfluß der Schwerkraft auf Reutow zu gebogen wurde und die Rakete auf der Nachtseite an dem Planeten vorbeistürzte. Dieser Sturz durch die Dunkelheit erstreckte sich ungefähr über hunderttausend Kilometer, dauerte drei Stunden und vollzog sich in völliger Stille, die allein durch das Ticken von Bodos elektrischem Wecker durchbrochen wurde. Auf der anderen Seite des Planeten, wo die Sonne schien, wurde die Rakete von der Schwerkraft gebremst, flog um die Kurve, stürzte auf der Tagseite an Reutow vorbei und umkreiste den Planeten fortwährend auf einer elliptischen Bahn. Gleichzeitig drehte sie sich langsam, wovon Bodo wegen der Schwerelosigkeit nichts merkte.

Nach drei Jahrzehnten hätte er wieder zu Hause sein sollen, aber er kreiste immer noch und schlief friedlich. Da der Autopilot keine Annäherung an die Erde registrierte, hatte er keinen Anlaß, den Schlafenden zu wecken; und als der Konservierungsstoff aufgebraucht war, begann Bodo zu altern. Die Energiezufuhr wurde lediglich durch die Notversorgung des Hypnotrons gewährleistet.

Nach einigen weiteren Jahrzehnten waren seine langen Haare und sein inzwischen ebenso langer Bart schlohweiß, seine Haut war aschfahl, und er war ziemlich abgemagert. Einige Jahre lag er da, ohne sich im geringsten zu regen, als wäre er tot.

Eines Tages trat eine Veränderung ein: Das Schlafmittel war ebenfalls aufgebraucht, und Bodo rührte sich wieder ein wenig. Er dämmerte allmählich herauf, und plötzlich bemerkte er, daß er seinen Körper nicht richtig spürte. Plötzlich schoß ihm die Frage ‚Bin ich tot?' durch den Kopf, aber dann dachte er beruhigt: ‚Ich denke, also bin ich!'

Er öffnete ein wenig die Augen, was ihn sehr anstrengte. Wegen des intensiven Sonnenscheins war es in der Kabine sehr hell, und er zwinkerte heftig. Er hätte gerne die Augen geschlossen und weitergeschlafen, aber die Neugier war stärker. Er erkannte, er müsse in einem Bett liegen, aber nicht in seinem eigenen. Hatte er möglicherweise einen Unfall gehabt und lag im Krankenhaus? Durch die Seitenscheibe des Hypnotrons lugte er in die Kabine. Die Umgebung wirkte ziemlich steril, was dafür sprach, daß er im Krankenhaus war. Lag er womöglich in einem Brutkasten für Frühgeborene? Einem Brutkasten mit Sicherheitsgurt???

Er schnallte sich ab, drückte den Glasdeckel hoch und drückte sich gleichzeitig an die Matratze. Wie in Zeitlupe prallte er ab. Voller Erstaunen, mit offenem Mund und aufgerissenen Augen erlebte er, wie er langsam zur Decke schwebte. Seine weißen Haare, die länger als er waren, breiteten sich in der halben Rakete aus. An der Decke stieß er sich vorsichtig ab, um erst einmal zum Bett zurückzukehren. Er landete vor dem Glaskasten, hielt sich zitternd daran fest und sah sich um. Schräg gegenüber sah er durch ein Fenster ein Stück vom Himmel; es mußte eine sternklare Nacht sein. Bodos Erstaunen milderte sich ein wenig, und sein Gesicht nahm den Ausdruck eines wenige Monate alten Babys an. Durch ein anderes Fenster schräg hinter ihm schien, obwohl es doch Nacht sein mußte, ein äußerst hell strahlendes Licht. War es das Flutlicht eines Fußballstadions? Aber welches Krankenhaus in dieser Gegend stand in der Nähe eines Stadions? Er fragte sich, ob er träume, verwarf diesen Gedanken jedoch, denn im Schlaf weiß man ja nicht, daß man schläft.

Plötzlich durchzuckte ihn der angstvolle Gedanke, er könnte entführt worden sein. Er spähte in alle Ecken, um etwas zu finden, was ihm Aufschluß geben könnte. Dann lenkte ein Ticken seinen Blick auf einen elektrischen Wecker, den er früher oft benutzt hatte. Das beruhigte ihn ein wenig, denn welcher Entführer würde schon den Wecker seiner Geisel mitnehmen?

Er war also nicht entführt worden. Das bedeutete, er könne nach Hause gehen, niemand werde ihn daran hindern, er sei ein freier Mann. Er schwebte langsam zur nächsten Ausstiegsluke. Währenddessen erschien seine Situation ihm wieder unwirklicher und traumartiger. Wie könnte er so leicht sein, wenn er nicht träumte? Das wäre beim Tauchen möglich, aber er konnte ja atmen.

An der Luke angekommen, rüttelte er daran, aber sie ließ sich nicht öffnen. Er rüttelte weiter, er rüttelte und rüttelte, aber die Tür gab nicht nach. Er rüttelte minutenlang, aber die Tür klapperte nicht einmal, sie war wie verschraubt. Er wandte sich zur Seite und hangelte sich an der Wand entlang. Als er beim Fenster angelangt war, sah er hinaus, und beinahe traf ihn der Schlag: keine Erde in Sicht, der Nachthimmel war überall! Er sah nur die Sterne! Dazu gesellten sich kurz darauf Sternchen, die auf das Absinken seines Blutdrucks zurückzuführen waren. Er wurde ohnmächtig. Mit leicht angewinkelten Beinen und geschlossenen Augen schwebte er vor dem Fenster der Rakete, die weiterhin Reutow umkreiste.

Als er wenige Minuten später zu sich kam, hatte sich die Rakete weitergedreht, und Reutow war durch das Fenster zu sehen. Bodo glaubte, die Erde vor sich zu haben, und war beinahe erleichtert; aber daß er anscheinend im Weltraum war, so weit von dem Planeten entfernt, bestürzte ihn. Aber dieses Raumschiff, mit dem er heraufgeschossen worden war, eignete sich bestimmt auch dazu, wieder hinunterzukommen.

Er setzte seine Suche in der Kabine fort. Unter den großen vorderen Fenstern fand er die Steuerungskonsole. Dort entdeckte er inmitten unzähliger Schalter, Hebel und Anzeigen auch einen großen roten Knopf, der mit „Notlandung/-wasserung" beschriftet war. Spontan schlug er darauf. Augenblicklich zündete sich die Rakete und bremste, um den Umlauf um Reutow zu stoppen. Dadurch verschwand die Fliehkraft, und die Schwerkraft ließ Bodo in den Pilotensessel plumpsen. Die Rakete schraubte sich auf einer spiralförmigen Bahn abwärts. An die Armlehnen geklammert, sah Bodo die Oberfläche des Planeten vor den Fenstern vorbeifliegen. Wenig später trat der Raumgleiter in die Atmosphäre ein und begann zu segeln, das Schwarz des Himmels verwandelte sich in Blau.

Bodos Vorfreude, die Rakete verlassen zu können, mischte sich mit der Angst vor einer Bruchlandung. Etwas später bemerkte er, daß er über einem Ozean war, und die Freude über eine bevorstehende nicht allzu harte Wasserung mischte sich mit der Befürchtung, er werde das Land womöglich nicht erreichen und ertrinken. Schließlich schwenkte der Raumgleiter aus der Kurve in eine gerade Flugbahn, wobei er leicht rollte, und berührte mit dem Heck die Oberfläche des Ozeans, pflügte, nach beiden Seiten spritzend, durchs Was-

ser, wodurch er stark gebremst wurde, und platsch-
te dann vollständig hinein, nur der oberste Teil ragte noch aus dem Wasser wie ein Wal beim Luftholen. Mit einem lauten Knall öffnete sich eine Luke
an der Oberseite, gleichzeitig wurde eine Strickleiter in die Kabine heruntergelassen.

Bodo starrte durch die vorderen Fenster hinaus
ins Wasser und beobachtete die Reihen kleiner
Luftbläschen, die noch kurzzeitig unmittelbar vor
den Fenstern aufstiegen. Dann versuchte er aufzustehen. Er beugte sich weit vor, spannte die Beinmuskeln an und versuchte sich hochzustemmen. Es
gelang ihm nicht. Ihm schien, als wäre er am Pilotensessel festgeklebt. Nach minutenlanger vergeb-
licher Mühe kam ihm die Idee, er müsse sich einfach mehr anstrengen, und er strengte sich mehr
an, viel mehr. Da seine Beinmuskeln am kräftig-
sten waren, schwenkte zuerst sein Gesäß hoch, und
sein Oberkörper hing schlaff herunter. Es dauerte
ungefähr eine halbe Minute, bis er sich ächzend
ganz aufgerichtet hatte.

Mühsam wankte er zur Strickleiter. Als alter
Mann, der Jahrzehnte in der Schwerelosigkeit verbracht hatte, fühlte er sich unendlich schwer. Er
dachte nicht daran, irgend etwas mitzunehmen.

Von den Diamanten in der Schublade, derentwegen er die weite Reise unternommen hatte, wußte er nichts mehr. Genausowenig dachte er daran, sich zu rasieren, die Haare zu schneiden oder seinen Schlafanzug gegen Straßenkleidung einzutauschen. Er mußte seine ganze Kraft aufbieten, um die Strickleiter hinaufzuklettern. Sie schwang unter seinen Füßen nach vorne, was ihm das Klettern zusätzlich erschwerte. Diese Notausrüstung war nicht für alte Leute gemacht.

Mit letzter Kraft zog er sich durch die Luke und legte sich bäuchlings auf die Rakete, um sich auszuruhen. Keuchend lag er flach auf dem im Meer treibenden Raumgleiter. Er hob kurz den Kopf, um sich einen Eindruck von der Umgebung zu verschaffen. Der Wellengang war mäßig. In einigen Kilometern Entfernung konnte er die Küste ausmachen. Dann geriet er ins Rutschen und glitt stöhnend auf der nassen gewölbten Metalloberfläche zur Seite, wo er kopfüber ins Wasser fiel. Sofort wurde er bis auf die Haut durchnäßt. Heftig paddelnd und Wasser spuckend, tauchte er wieder auf. Als er merkte, daß er atmen konnte und nicht einfach wieder unterging, ließ er sich erst einmal von den Wellen tragen.

Als er sich ein wenig erholt hatte, strebte er der Küste zu. Halb schwamm er dorthin, halb wurde er angeschwemmt, wobei er viel Salzwasser schluckte. Als er dem Strand nahe war und auf einer Welle vorschwappte, berührten seine Füße plötzlich den Grund. Er begann zu krabbeln. Am Strand fehlte ihm die Kraft, sich aufs Trockene zu schleppen; er blieb liegen, wo die Uferwellen ihn umspülten, ein Häufchen Elend.

Allmählich kam er wieder zu Kräften und erhob sich ein wenig, indem er sich auf die Oberarme stützte. Da bemerkte er einen Krebs, groß wie ein Kuchenteller, der neben ihm den Strand heraufkrabbelte, sich aufrichtete, sich hintenüberfallen ließ und, ohne sich noch einmal zu drehen, sofort wieder ins Meer zurückkrabbelte. Dann bemerkte er viele weitere Krebse, die ebenfalls den Strand heraufkrabbelten, sich hintenüberfallen ließen und, anscheinend auf dem Rücken liegend, ins Wasser zurückkrabbelten. Er war zu schwach, um sich die Augen zu reiben.

Nachdem er sich einige Zeit ausgeruht hatte, fühlte er sich besser. Er stand mühsam auf, schlurfte ein paar Schritte landeinwärts, legte sich zwischen zwei Dünen an einen Hang und dachte nach.

Welches rätselhafte Geschick hatte ihn bloß von seinem früheren Leben getrennt? Hatte er sich allen Ernstes ins All gewagt? Was könnte er dort gesucht haben? Wie weit war er hinausgeflogen? War er dabei allein gewesen, und wenn nicht, was war mit den anderen passiert? Jedenfalls konnte er froh sein, wieder heil heruntergekommen zu sein. Aber wie sollte er entscheiden, welche Richtung er einschlagen mußte, um nach Hause zu finden?

Allmählich dämmerte der Abend, und Bodo schlief über seinen Grübeleien ein.

6

Ein seltsamer Irrläufer

Den Durst, den Bodo verspürte, als er am nächsten Morgen aufwachte, vergaß er sofort, als er merkte, daß er nicht zu Hause im Bett lag. Er traute seinen Augen nicht. Aber große Sorgen machte er sich zuerst nicht; er dachte, er hätte vielleicht einen Ausflug ans Meer gemacht; aber dann wurde ihm klar, daß er sich nicht daran erinnern konnte, sosehr er sich auch bemühte, und diese Unfähigkeit beunruhigte ihn. Außerdem bemerkte er, daß er ganz allein war und daß er nichts bei sich hatte: kein Zelt, keinen Strahlenkocher, kein Handtuch, keine Badehose, statt dessen trug er einen Schlafanzug … Er sah an sich hinunter: er hatte einen langen weißen Bart wie der Weihnachtsmann, und seine Hände sahen so merkwürdig aus, leicht aus der Form geraten, schlaffer und faltiger, irgendwie teigig. Waren es überhaupt seine eigenen? Um sich zu vergewissern, wackelte er mit dem Zeigefinger, und dann entdeckte er auf der anderen Hand einen Leberfleck, der schon immer dort gewesen war. Er stand vor einem Rätsel! Vielleicht konnte er das Rätsel seiner Hände lösen, indem er über seinen

Kopf nachdachte. Träumte er womöglich, obwohl er wach war? Gab es einen Zustand zwischen Traum und Wachheit? Er könnte Halluzinationen haben. Tief besorgt über seinen Geisteszustand, ließ er den Kopf hängen.

Er fühlte sich wie gelähmt, aber um sich einen Eindruck von dem Land zu verschaffen, zwang er sich, auf die nächste Düne zu steigen, die hoch wie ein Haus war. Vornübergebeugt, ständig bereit, sich mit den Händen abzustützen, stieg er hinauf. Schwankend stand er auf dem Kamm und erblickte eine aschgraue Wüste. Weit entfernt tanzten einige Sandteufel über die Dünen. Es gab nicht den geringsten Bewuchs, nicht einmal Grasbüschel. Das konnte nie und nimmer die norddeutsche Tiefebene sein! Er drehte sich um und rutschte, schwankend und mit den Armen rudernd, die Düne hinunter; das letzte Stück machte er Trippelschritte, um nicht vornüberzufallen.

Dann suchte er, um festzustellen, wie er hierhergekommen war, in der näheren Umgebung nach Spuren, fand aber keine. Er mußte also vom Meer gekommen sein. Vielleicht hatte er Schiffbruch erlitten. Vielleicht hatte er dabei einen Schlag auf den Kopf bekommen und hatte deswegen das Gedächtnis verloren. Er schlurfte zum Strand und spähte aufs Meer. Die Sonne schien hell und warf einen breiten Streifen funkelnder Diamanten auf die See. Aber es war kein Schiff zu sehen, keine Jacht, kein Tretboot, keine Bojen. Nur einige hundert Meter entfernt dümpelte etwas Großes, was der Kiel eines gekenterten Schiffs hätte sein können, wenn es nicht so bunt und keine offene Klappe darin gewesen wäre. Der Strand war völlig naturbelassen: es gab weder Buhnen noch Absperrungen noch Strandkörbe und sicherlich auch niemanden, der Kurtaxe erheben würde.

Bodo kniete nieder und kratzte das Wort „HILFE" in den Sand. Schon wenig später hatten die Uferwellen es eingeebnet. Bestand überhaupt Hoffnung, daß es jemand aus der Luft sähe? Er hob den Kopf und blinzelte zum Himmel: er war azurblau und völlig leer; nur drei Handbreit links von der Sonne leuchtete ein roter Stern so kräftig, daß er das Blau durchdrang. Eine Zeitlang starrte Bodo ungläubig dorthin, dann senkte er wieder traurig den Kopf, er fühlte sich so verloren, und plötzlich spürte er, wie Tränen über seine Wangen rannen. Sie tropften ins Meer, das seine Knie umspülte, und lösten sich augenblicklich auf.

Nachdem er geweint hatte, fühlte er sich ein wenig besser, und er beschloß, nicht darauf zu warten, daß ihn zufällig jemand entdeckte. Lieber wollte er die Gegend erkunden, und dazu folgte er dem Strand. Das Meer zu seiner Linken, wanderte er am Wellensaum entlang, sein Schlafanzug und seine langen weißen Haare flatterten im Meerwind. Vielleicht würde er eine Hafenstadt finden, wo er etwas zu trinken bekäme und telefonieren könnte, oder er würde vielleicht aus diesem Albtraum aufwachen …

Im Verlauf der Wanderung wurden die Dünen zu Bodos Rechter allmählich niedriger. Er war sicherlich einige tausend Schritte gegangen, gerade hatte er den größten Teil einer weiten Bucht hinter sich gebracht, als ihm die Wanderung zu anstrengend wurde und er sich ausruhen wollte. Er legte sich unmittelbar am Strand an eine Düne, von wo aus er das Meer überblicken konnte. Dort blieb er eine Weile liegen. Der Sand war gar nicht so unbequem. Er wollte sich noch einige Zeit gönnen, bevor er die Suche fortsetzen würde. Er lag auf dem Rücken und blickte in den blauen Himmel.

Allmählich stellte sich eine beschauliche Stimmung ein. Bodo genoß es, das schöne Blau des

Himmels zu sehen, an dem nach und nach strahlend weiße Haufenwolken aufzogen. Ihm wurde leichter ums Herz, er fühlte sich richtig getröstet. Angst und Trauer verschwanden, weil er sich völlig dem Augenblick überließ. Bald dachte er an nichts mehr und gab sich völlig dem Anblick des Himmels hin.

Nach einer Weile begann er sich zu wundern. Er hatte bereits eine Zeitlang kleine, niedrige Wolken gesehen, die mit hoher Geschwindigkeit unmittelbar hintereinander dahinzogen, ohne daß es ihm bewußt geworden war. Nun merkte er, daß sie keines natürlichen Ursprungs sein konnten. Er setzte sich auf, drehte den Kopf und erspähte an Land eine halbe Meile entfernt einen Schornstein. Er sprang auf und stapfte, von Neugier und Vorfreude getrieben, mit großen Schritten durch die Dünen. Meinte das Schicksal es so gut mit ihm, daß es ihn in der Nähe einer menschlichen Behausung hatte Schiffbruch erleiden lassen?

Beim Näherkommen erkannte Bodo, daß dort kein Gebäude war – seine Schritte wurden langsamer, seine Miene verdüsterte sich –, sondern nur der Schornstein, der mehrere Meter hoch aus dem Sand ragte, als hätte jemand ein Motorschiff vergraben. In der nahen Umgebung war der Boden ziemlich flach getrampelt und der Sand so sehr von feinem Staub durchsetzt, daß sich bei jedem Schritt Staubwölkchen vor Bodos nackten Füßen kräuselten. Ein paar Schritte vor dem Schornstein blieb er stehen. Ein Motorschiff lag hier nicht unter der Erde, dafür fehlten diesem Schornstein die typischen Farben und die Stromlinienform. Es war ein großes senkrechtes Rohr mit abblätternden Resten schwarzer Farbe, das stark rostete und dessen Oberfläche wie ein abstraktes Ölgemälde anmutete. Offensichtlich stand dieser Schornstein schon sehr lange hier, aber da er rauchte, konnte er nicht zum alten Eisen gehören. Er wirkte jedoch nicht, als werde er gepflegt; daher war nicht zu erwarten, daß sich bald jemand blicken ließe. Bodo umrundete das Rohr und schlug mit der flachen Hand dagegen, aber es war so massiv, daß kein Geräusch entstand außer einem Klatschen. Er legte seine Hand daran und spürte, daß es warm war.

Hier mußten Menschen unter der Erde eine Wohnung oder eine Arbeitsstätte haben! Bodo sah sich vor die Aufgabe gestellt, sie auf sich aufmerksam zu machen. Es wurde allmählich dringend, seine Zunge und seine Kehle fühlten sich staubtrocken an, und der quälende Durst zog sich die Speiseröhre hinunter. Da niemand auf sein gekrächztes „Hallo" und seine Schläge gegen den Schornstein reagierte, stampfte er dreimal mit dem Fuß auf, erreichte aber nichts, außer daß der Staub auseinanderstob. Also begann er die Umgebung abzusuchen. Vielleicht gab es in der Nähe einen Eingang. Er umrundete den Schornstein, wobei er den Abstand langsam vergrößerte, um ihn in einer spiralförmigen Bahn zu umkreisen.

Als er wieder auf den Strand stieß, lenkte er seine Schritte geradeaus, die Rauchwolken des Schornsteins zogen hinter ihm vorüber, und er dachte nicht mehr daran, er hatte seine Entdeckung völlig vergessen und wanderte einfach weiter.

Er war um eine kleine Halbinsel herumgewandert und ging an einer Bucht entlang, und siehe da! Ein Tischchen mit einer Schale, die mit Wasser gefüllt war, stand vor ihm. Er fühlte sich ins Altertum zurückversetzt, als Moses durch die Wüste wanderte und zu Gott betete, weil er Durst hatte, woraufhin ein Krug Wasser vom Himmel herabschwebte. So ähnlich glaubte Bodo es in der Bibel gelesen zu haben, die er immer als Märchenbuch betrachtet hatte. Sein Blick irrte unsicher über den Himmel, als suche er etwas, was dort vielleicht irgendwo war. Dann wandte er sich wieder dem Tischchen zu. Hier stand nun kein Krug, sondern eine Schale, aber vielleicht war sie kurz zuvor niedergeschwebt. Nichts anderes stand hier, nur diese Schale auf dem Tischchen, die Gegend war menschenleer. Wer sollte sie gesandt haben, wenn nicht Gott? Das war der Sinn dieser Irrfahrt! Gott wollte sich ihm offenbaren und ihn seiner Fürsorge versichern. ‚Jesus ist gegenwärtig', dachte er, ‚Jesus liebt mich.' Zuversicht erfüllte sein Gemüt, und dann ergriff ihn Reue, früher nicht geglaubt zu haben und seine gegenwärtige Lage als Albtraum betrachtet zu haben. Er hob die Schale mit beiden Händen, führte sie zum Mund und trank voller Ehrfurcht, als wäre es das Blut Jesu Christi.

Schräg hinter ihm erschienen in einiger Entfernung, weswegen er sie nicht bemerkte, vier auf dem Kopf stehende überdimensionale Weihnachtsbaumkugeln aus getöntem Glas über dem Kamm einer Düne. Sie umhüllten die Stielaugen zweier Lebewesen, die normalerweise Dämmerlicht vorzogen. Sie ähnelten Menschen, aber nur entfernt. Ihr Leib war dick, etwa tropfenförmig, ihre Beine waren kurz. Ihre Haut war weiß und halb durchsichtig, so daß die inneren Organe leicht durchschienen. Sie litten unter der Wärme und schwitzten stark. Aber das ertrugen sie, um Bodo zu beobachten.

Mit großer Spannung spähten sie über den Kamm der Düne. Sie hatten auf diesem Planeten bisher nur Meerestiere entdeckt. Daher waren sie völlig verdutzt, als ihnen der Fremdling auffiel, der in dieser wüsten Gegend so plötzlich erschienen war, als wäre er vom Himmel gefallen. Dennoch hatten sie ihn auf den ersten Blick als Schädeltier eingeordnet, das Schreitbeine hat. Er mußte aus dem unerforschten Landesinneren gekommen sein, und als er aufs Meer gestoßen war, mußte er einfach abgebogen sein. Wie erwartet mochte er Zuckerlösung. Sie fanden es allerdings merkwürdig, daß er die Schale mit den Händen zum Mund geführt hatte, anstatt sich zu bücken.

Bodo fand es merkwürdig, daß das Wasser rötlich war und süßlich schmeckte. Als er getrunken hatte, besah er sich das Tischchen etwas genauer: seine Gestaltung schien ungefähr dem Bauhaus-Stil zu entsprechen. Daß Gott so etwas habe vom Himmel herabschweben lassen, hatte er in der Bibel nicht gelesen, und wie ein liturgisches Gerät, das man beim Abendmahl verwendet, sah es auch nicht aus, im Gegensatz zu der Schale, die allerdings für die Hostien besser geeignet wäre als für den Wein. Kurz darauf wurde ihm schwarz vor Augen. Wie er in den Sand fiel, spürte er nicht mehr.

7

Bei Forschern zu Gast

Die Betäubung ging in einen unruhigen Schlaf über. Bodo träumte von alltäglichen Ärgernissen: Der Mülleimer im Wohnzimmer war voll ... Er hatte dreimal nacheinander mit dem Fahrrad einen Platten ... Beim dritten Mal rannte ein Hund aus der Nachbarschaft bellend hinter ihm her. Er befürchtete schon, gebissen zu werden, als er aufwachte, weil jemand seine Lippen auseinanderzog und sein Gebiß untersuchte. Bei seinem ersten Blinzeln zog der Untersucher sich zurück und ließ ihn in Ruhe.

Bodo spürte verwundert, daß er nicht in seinem warmen Bett, sondern auf kühlem, lockerem Sand lag. Seine Augen gewöhnten sich schnell an das Dämmerlicht, von dem der Raum erfüllt war, und dann glaubte er zwei kleine, dicke Tiere mit Fühlern auf dem Kopf schemenhaft unmittelbar vor sich zu sehen. Er fühlte sich in einen Horrorfilm versetzt und erschrak, ruckartig setzte er sich auf, und augenblicklich erkannte er, weil er sich undeutlich spiegelte, daß er sie durch eine Glasscheibe sah und sie ihn nicht angriffen, und er beruhigte sich ein wenig. Er fragte sich, ob er in einem Zoo sei. Dann fiel ihm wiederum auf, daß er sich in einem niedrigen fensterlosen Raum befand und daß der Teil auf der anderen Seite der Glasscheibe wesentlich größer war als die Nische, in der er festsaß. An den Wänden waren hier und da trübe Lampen angebracht, die nach oben strahlten, den Raum aber kaum erhellen konnten, da der Boden, die Wände und die Decke schwarz waren.

Die beiden Tiere, die vor ihm standen, hatten Augen auf Stielen, groß wie Tennisbälle, mit denen sie ihn aufmerksam beobachteten; und eines, das etwas kleiner war als das andere, hatte einen Tablet-PC auf dem Arm, auf dem es gelegentlich herumwischte. Ihre Haut schien gemustert zu sein, aber dann sah Bodo schaudernd, wie ein Teil des Musters im Brustbereich sekündlich zuckte.

Ein drittes derartiges Tier betrat den Raum mit einer Schüssel in der Hand und näherte sich watschelnd dem Exotarium, in dem Bodo saß. Es kniete davor nieder, stellte die Schüssel auf den Boden und schob sie durch eine Klappe hinein, neben eine Schüssel mit Wasser. Dann verließ es den Raum wieder. Die anderen blieben und behielten ihren Exoten im Auge.

Dieser betrachtete den Brei in der Schüssel, der wie Kartoffelbrei aussah, und dachte: ‚Die meinen es offensichtlich gut mit mir, aber das Besteck fehlt.‘ Er zog den Zeigefinger durch den Brei und steckte ihn in den Mund. Der Brei schmeckte süßlich.

Die beiden Beobachter drehten einander die Augen zu und stießen gurgelnde Laute aus. Bodos Eßweise erstaunte sie. Der kleinere wischte wieder auf dem Tablet-PC herum.

Nach einer Weile ließen sie Bodo allein weiter essen und zogen sich in den hinteren Teil des Raumes zurück, wo ein großflächiger, niedriger Tisch stand. Dort studierten sie ein Röntgenbild, das auf einem schwach leuchtenden Bildschirm angezeigt wurde und Bodos vollständiges Skelett zeigte. Sie hatten es angefertigt, als er noch betäubt war.

Bodo seinerseits erkannte sich nicht. Nach dem Essen richtete sich seine Aufmerksamkeit auf etwas anderes. Ihm war aufgefallen, daß die Wände des Raumes weitere von Glasscheiben begrenzte Ausbuchtungen aufwiesen. In einer stand ein Bäumchen, an dessen Ästen etwas hing, was Pfannkuchen glich, ähnlich den Uhren in einem berühmten Gemälde von Salvador Dalí. Allerdings schienen diese Pfannkuchen sich langsam fortzubewegen. In einer anderen Nische stand ein fluoreszierendes Ypsilon, das langsam die Arme bewegte. Allmählich ahnte Bodo, wo er war: in einem zoologischen Institut – oder in einem botanischen.

Zufällig fiel sein Blick auf die leere Schüssel, die noch vor ihm stand. Da verspürte er ein Bedürfnis, mitzuhelfen und für Ordnung zu sorgen. Er öffnete die Klappe in der Glasscheibe und schob die Schüssel hinaus.

Die beiden Forscher hörten das reibende Geräusch und fuhren herum. Sie erblickten die Schüssel, die vor dem Exotarium stand, und begannen sich leise zuzugurgeln. Sie traten vorsichtig näher, wobei sie Bodo im Auge behielten, und dann beugten sie sich über die Schüssel und nahmen sie in Augenschein, zunächst ohne sie zu berühren, als hätten sie noch nie eine gesehen. Dann nahmen sie sie und zogen sich in den hinteren Teil des Raumes zurück, aber anstatt das Röntgenbild weiter zu studieren, schalteten sie zwei andere Bildschirme ein und lasen. Zwischendurch warfen sie, das Kinn zwischen Daumen und Zeigefinger abstützend, immer mal wieder einen nachdenklichen Blick auf Bodo, der im Schneidersitz dasaß, an der Rückwand lehnte, den Kopf schräg hielt und sich die weißen Haare aus der Stirn strich. Gelegentlich gurgelten die beiden Forscher sich zu, oder der größere setzte sich zu dem kleineren und sie sahen zusammen auf dessen Bildschirm.

Nach geraumer Zeit servierten sie Bodo die zweite Mahlzeit. Dieses Mal stellten sie die Schüssel aber außen vor die Klappe, so weit entfernt, daß er sie mit der Hand nicht erreichen konnte, und legten einen hölzernen Rückenkratzer davor, dessen Stiel etwa einen halben Meter lang war. An seinem Ende war eine kleine weiße Hand aus Kunststoff angebracht. Die Reutower benutzten ihn normalerweise dazu, die Folgen trockener Höhlenluft zu lindern.

Bodo war mittlerweile zu der Vermutung gelangt, es werde ihm hier nicht schlecht ergehen; und wenn diese eigenartigen Männchen ihm erschienen waren, weil er Drogen genommen hatte, dann würden sie verschwinden, wenn die Wirkung nachlasse; darum könne er ganz unbesorgt mitmachen. Er kniete sich vor die Klappe, hielt sie mit der linken Hand hoch und hielt mit der anderen den Rückenkratzer. Damit hakte er hinter die Schüssel und zog daran, wodurch sie sich drehte und gleichzeitig näherrutschte. Nach drei Zügen legte er den Rückenkratzer neben sich und nahm die Schüssel mit der Hand.

Die beiden Reutower machten anerkennende Mienen, und sofort machten sie das nächste Experiment. Der Kleine zog einen Löffel hinter dem Rücken hervor und plazierte ihn feierlich vor der Klappe.

Bodo machte eine Geste, wie wenn er „Na bitte!" sagen wollte, nahm ihn und aß.

Seine Beobachter sahen ihm zu und waren von seiner Fähigkeit, Werkzeuge zu gebrauchen, schon ziemlich überzeugt. Trotzdem wollten sie einen weiteren Versuch machen. Der Kleine holte ein Teeglas, das denjenigen ähnelte, aus denen Bodo früher Grog getrunken hatte. Es war mit einer rötlichen, klaren Flüssigkeit gefüllt. Er führte es durch die Klappe, ohne sich noch besonders vor Bodo in acht zu nehmen, und plazierte es mit ausgestrecktem Arm unmittelbar vor ihm. Dann stellten sich beide Forscher vor das Exotarium und sahen aufmerksam zu, wie Bodo seinen Zeigefinger mit größtem Feingefühl durch den Henkel steckte und das Glas zum Mund führte. Kurz vor dem Trinken murmelte er in scherzhaft belehrendem Ton: „Finger weg vom Alkohol!" und spreizte den kleinen Finger ab. Dann schmeckte er enttäuscht, daß es nur Wasser war.

Die Reutower begannen zu gurgeln, wild zu gestikulieren und liefen aufgeregt im ganzen Raum herum. Bodos Art zu trinken, aber vor allem die Vielzahl seiner unterschiedlichen Laute regten sie auf. Sie hatten erkannt, daß es keine reflexhaften Tierlaute waren, sondern Sprache.

Sie stellten einen Stuhl vor ihren Tisch und öffneten Bodos kleines Gefängnis. Die Situation veränderte sich für ihn vollkommen. Mit klopfendem Herzen trat er in den Raum. Er war ein wenig ängstlich, aber auch freudig erregt, wie ein Theaterschauspieler bei einer Premiere.

Seine Gastgeber bedeuteten ihm, auf dem Stuhl Platz zu nehmen. Bodo schritt hinüber, wobei er seine langen weißen Haare wie die Schleppe eines festlichen Kleides hinter sich herschleifte. Er setzte sich und freute sich über die Zunahme an Komfort, obwohl der Stuhl sehr klein war und er darauf saß wie ein Erwachsener beim Elternabend in der Grundschule.

Der etwas größere Außerirdische stellte einen Becher Wasser vor ihm auf den Tisch, legte eine Tablette daneben, setzte sich Bodo gegenüber neben seinen kleineren Kollegen, und beide sahen ihn an. Bodo fühlte sich wieder etwas unwohler und reagierte nicht, daher schob sein Gegenüber die Tablette mit dem ausgestreckten Zeigefinger noch etwas näher an ihn heran.

Bodo verstand und sagte mit heiserer Stimme: „Nehmt ihr sie bitte!" Er schob die Tablette zurück.

Der größere Außerirdische nahm sie und plazierte sie noch einmal direkt vor seinem eigenartigen Gast. Der schob sie wiederum zurück. Daraufhin nahm der Außerirdische den Becher und die Tablette und verschwand damit in einem Nebenraum. Kurz darauf kehrte er mit dem Becher zurück, in dem das Wasser trübe war, was Bodo nicht bemerkte. Er dachte nicht mehr daran, daß man eben noch von ihm erwartet hatte, eine Tablette zu nehmen. Er trank ein paar Schlucke und wandte sich wieder seinen Gastgebern zu.

„Guten Tag!" sagte der größere der beiden. Seine Stimme klang gurgelnd, aber er war zu verstehen. „In dem Wasser, das Sie eben getrunken ha-

70

ben, habe ich eine Translationstablette aufgelöst. Normalerweise siezen wir unsere Forschungsobjekte nicht, geschweige denn, daß wir uns vorstellen, aber ich finde, eine Ausnahme ist angezeigt. Ich bin Oberforscher Murksi, und das ist mein Kollege, Forscher Plinsi. Verstehen Sie mich?"

Bodo stand auf und wandte sich ab. Ihm war zum Weinen zumute.

Murksi erhob sich ein wenig, wollte etwas sagen, setzte sich aber wortlos wieder. Die beiden Forscher sahen sich an, wobei sie halb den Kopf und halb die Augen verdrehten, und wandten sich wieder Bodo zu.

Der dachte, er sei nicht in einem zoologischen Institut, sondern in einer psychiatrischen Klinik, und befürchtete, er müsse den Rest seines Lebens hier verbringen. Er entschloß sich jedoch, das Spiel dieser beiden Erscheinungen erst einmal mitzuspielen, um sich die Situation ein wenig zu erleichtern und nicht vollends die Nerven zu verlieren. Mit einem gequälten Lächeln drehte er sich seinen Gastgebern zu und setzte sich wieder.

„Die Situation ist für Sie sicherlich sehr ungewohnt", sagte Murksi verständnisvoll. „Bitte entschuldigen Sie, daß wir nichts zu essen hatten, was besser zu Ihrer Verdauung gepaßt hätte! Leider können wir nicht für alle exozoologischen Eventualitäten vorsorgen."

Bodo war sprachlos.

„Bitte entschuldigen Sie auch den Mangel an Komfort, aber wir konnten ja nicht ahnen, daß Sie auch ein Mensch sind."

Bodo erschrak, aber dann keimte in ihm die Hoffnung, er sei gar nicht verrückt und diese beiden absonderlichen Leute trügen eine perfekte Verkleidung und wollten ihn einfach zum Narren halten.

Plinsi richtete eine Frage an Murksi: „Wollen wir das Versuchstier auch zum Institutsjubiläum einladen?"

Murksi antwortete mit gedämpfter Stimme hinter vorgehaltener Hand: „Das können wir später entscheiden. Im übrigen handelt es sich um unseren Gast!" Zu Bodo gewandt, fragte er: „Verstehen Sie mich überhaupt?"

„Ja", stammelte Bodo. „Ja, ich … äh …"

„Wie heißen Sie?"

„Bodo Holsteiner."

„Und woher kommen Sie?"

„Aus Worphude."

„Wo ist das?"

„In Deutschland."

„Und wo ist *das*?"

„In Europa natürlich!" rief Bodo.

Dieser Name kam Murksi bekannt vor. Er gab Plinsi ein Zeichen, woraufhin dieser sich an seinen Bildschirm setzte und wenig später etwas ausdruckte und dem Oberforscher vorlegte.

Während Plinsi weiter recherchierte, las Murksi den Ausdruck. Dann blickte er zu seinem Gast auf und sagte: „Europa ist von einer zehn Kilometer dicken Eisschicht bedeckt. Dort leben keine Schädeltiere."

„Das kann nicht sein", stöhnte Bodo. Er wußte nicht, was er noch sagen sollte, und ließ den Kopf hängen.

Murksi, der gerade wieder einen Ausdruck von Plinsi bekommen hatte, gab ihm einen Tip: „Könnte es sein, daß Sie von der Erde kommen?"

Bodo blickte auf und rief: „Ja, natürlich!" Er fragte sich, in was für geistigen Sphären diese beiden absonderlichen Leute sich bewegten; und als Murksi ihm erklärte, Europa sei ein Mond des Jupiters, verwirrte sein Geist sich vollends.

„Wie ist es Ihnen gelungen, unsere Galaxie zu erreichen?" wollte Murksi wissen.

Bodo sah ihn völlig verständnislos an.

„Sie müssen ein Raumschiff haben", fuhr Murksi fort. „Wo ist es, und wo ist Ihre Mannschaft? Sind Sie beim Strandspaziergang im Stich gelassen worden?"

Plinsi drehte sich langsam zu Murksi und zog skeptisch die Augen zurück.

Murksi blickte Bodo mit angespannten Augen an, während dieser, den Ellbogen auf den Tisch gestützt, die Hand an die Backe legte und grübelte, was er sagen könnte, um nicht so dumm zu wirken. Er dachte, er müsse entführt worden sein, aber er sagte: „Ich habe keine Ahnung."

„Nun", meinte Murksi, „Sie sind doch nicht zufällig zwei Millionen Lichtjahre durchs All geflogen und auf diesem Planeten gelandet, weil er Ihnen zufällig den Weg versperrte! Wollten Sie Ihren Wasservorrat auffüllen und sind dabei baden gegangen?"

Während Bodo zu ahnen begann, daß er viel weiter von seinem Zuhause entfernt war, als er dachte, flüsterte Plinsi Murksi etwas zu, woraufhin dieser zu Bodo sagte: „Wir würden gerne einen Test mit Ihnen machen."

Er legte ein Blatt vor Bodo auf den Tisch, auf dem die folgenden Symbole dargestellt waren:

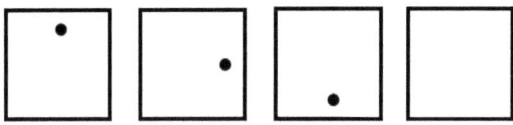

Dann fragte er: „Wo ist der Kreis in dem letzten Viereck?"

„Da ist keiner", meinte Bodo.

„Ich meine, wo gehört er hin?"

Bodo beachtete nur das rechte Viereck. „Ich weiß nicht", flüsterte er unsicher.

„Unglaublich", bemerkte Murksi.

„Das ist erstaunlich", meinte Plinsi.

Sie zogen Bodo das Blatt fort, legten es vor sich und starrten es mit hinuntergebogenen Augen an. Nachdem sie sich kurz beraten hatten, sprach Murksi wieder Bodo an: „Wir möchten gerne noch einen anderen Test mit Ihnen machen. Ich nenne

Ihnen jetzt zehn Wörter. Versuchen Sie bitte, sie sich gut einzuprägen!"

Bodo nickte eifrig, und Murksi zählte auf, wobei er nach jedem Wort kurz innehielt: „Planet. Haus. Arm. Pflanze. Sand. Raumschiff. Stange. Kreis. Nachricht. Korrespondent." Dann zeigte er Bodo eine kurze pantomimische Vorstellung und bat ihn, sie zu imitieren. Schließlich fragte Murksi ihn, an welche Wörter er sich erinnern konnte.

Bodo sagte nachdenklich: „Planet." Dann fügte er gedehnt hinzu: „Pflanze." Mehr fiel ihm nicht ein. „Eigenartig", murmelte er, „wie weggeblasen", und starrte ausdruckslos auf den Tisch.

Plinsi, der nach jedem Wort einen Haken auf ein Blatt gemacht hatte, kratzte sich hinter den Augen. Dann sagte er nüchtern: „Ich brauche nicht zu rechnen, um das Ergebnis zu ermitteln."

Murksi sagte zu Bodo: „Ihr Testergebnis ist miserabel. Sie können kein Raumfahrer sein. Waren Sie ein blinder Passagier?"

Bodo blickte auf und entgegnete: „Welches Testergebnis? Machen wir einen Test?"

„Wir haben gerade einen Test gemacht. Jedenfalls haben wir es versucht."

„Ohne mich?" fragte Bodo enttäuscht.

„Mit Ihnen! Sie sind gerade getestet worden."

„Und?" fragte Bodo erwartungsvoll. „War ich gut?"

Murksi beachtete ihn nicht mehr, sondern hörte Plinsi zu, der vorschlug, sich einmal das Innere von Bodos Kopf anzusehen. Sie gaben ihm das Getränk, das ihn schon einmal betäubt hatte; und als er das Bewußtsein verlor, waren zahlreiche kleine weiße Männchen zur Stelle, denen er in die Arme fiel.

8

Eine gezielte Behandlung

Als Bodo das Bewußtsein wiedererlangte, fühlte er sich äußerst schwach. Er versuchte die Augen zu öffnen, aber seine Lider waren zu schwer. Hinter sich hörte er ein leises Surren. Er lag in einem weichen Bett und war gut zugedeckt, die Hände auf der Decke, aber er fühlte sich schlecht. Schnell wurde ihm klar, daß er im Krankenhaus war. Er glaubte, einen Unfall gehabt zu haben, und versuchte die Zehen zu bewegen, um zu prüfen, ob er querschnittsgelähmt war. Sie zuckten leicht. Dann werde es ihm wohl bald wieder besser gehen, dachte er, hier sei er in guten Händen und man werde sich um ihn kümmern.

Nach einer Weile war er wacher und hatte die Augen offen. Er fühlte einen Verband an seinem Kopf. An seinem linken Unterarm lag ein Venenkatheter an. Anscheinend war er operiert worden, aber er trug seltsamerweise kein Operationshemd, sondern seinen eigenen Schlafanzug. Auch daß der Raum keine Fenster hatte, wunderte ihn, und er begann wieder, sich Gedanken zu machen. Räume

ohne Fenster sind in der Regel im Keller. Im Krankenhaus liegen meistens diejenigen Patienten im
Keller, denen die Ärzte nicht mehr helfen konnten.
Allerdings liegen sie im Dunkeln, für Bodo brann-
ten hingegen mehrere kleine Lampen, die ungeord-
net an der Wand verteilt waren. Sein Lager bestand
aus drei zusammengeschobenen kleinen Betten,
auf denen er sich quer ausgestreckt hatte.

Während er hin und her überlegte, hörte er etwas, was eher den Eindruck erweckte, er sei in einer Badeanstalt; es klang wie das klatschende Geräusch nackter Kinderfüße auf einem gefliesten
Boden. Es wurde lauter, bis es jählings verstumm-
te, und dann sah Bodo, wie jemand langsam ein
Auge durch die Tür hereinsteckte. Es blinzelte
zweimal, und eine Schar kleiner weißer Männchen
betrat den Raum.

Im ersten Moment dachte Bodo, sie trügen
Haarreifen mit Froschaugen für den Karneval, aber
dann erkannte er deutlich: es waren ihre echten
Augen! Sein Erstaunen war kaum beschreiblich. Er
sperrte den Mund und die Augen auf und starrte
mit flackernden Augen umher, als bedrohten die
Besucher ihn mit Pistolen.

Einer nahm seine Hand und sagte zu ihm: „Herr Holsteiner, ich freue mich, daß Sie wach sind. Es wird Ihnen bald besser gehen! Oberforscher Murksi hat Sie zu uns gebracht. Ich bin Oberforscher Kepli."

Bodo entriß ihm seine Hand und zog sich die Decke bis ans Kinn. Er schloß reflexartig den Mund, preßte die Lippen zusammen und zog die Mundwinkel herunter, aber seine Augen blieben weit offen. Eine Flucht schien ihm in seinem Zustand unmöglich, zumal er beinahe umzingelt war. Seine Besucher spürten die Anspannung und schwiegen, sie wollten ihm etwas Zeit geben, zu verstehen und sich zu beruhigen. Dann schickte Kepli die ganze Schar hinaus und setzte sich auf einen Stuhl, eine Schrittweite von Bodos Bett entfernt, und wartete.

Bodo starrte ihn an, gleichermaßen angeekelt und fasziniert. Allmählich gewann er die Fassung wieder, und eine Vielzahl von Gedanken stürmte auf ihn ein. Schon oft hatte er Geschichten über Menschen gehört, die angeblich von Außerirdischen entführt und operiert worden seien; aber dieses Lebewesen, das wie ein Mensch sprach, hatte ihn vor den anderen beschützt, mehr noch, es wußte seinen Namen, es wünschte ihm Gesundheit, und wahrscheinlich hatte es ihn sogar geheilt!

Er faßte Zutrauen zu diesen guten Geistern, und seine Züge entspannten sich. Er fragte: „Hatte ich einen Unfall?" und erschrak darüber, daß seine Stimme so heiser und schwach klang, als spräche sein Großvater aus ihm.

„Nein", antwortete Kepli, „Sie hatten Gedächtnisstörungen. In Ihren Hirnkammern hatte sich zuviel Nervenwasser angesammelt. Sie hatten Altershirndruck, Herr Holsteiner!" Kepli nahm eine Lampe von der Wand – das Licht erlosch – und drückte sie weiter unten wieder daran – das Licht leuchtete wieder auf, so daß er Bodo besser sehen konnte. Dann sagte er: „Wir mußten ein bißchen Nervenwasser ablassen. Tierarzt Schwapsi hat uns bei der Diagnose geholfen. Sie können gerne einmal die Röntgenbilder sehen."

„Aber ich bin doch kein Tier!"

„Nein, aber unsere Tierärzte sind eigentlich Allgemeinärzte. Sie sind dafür ausgebildet, sich schnell ein Bild vom Körperbau eines neuen Lebewesens zu machen, auch wenn sie es vorher nie gesehen haben."

Das leuchtete Bodo ein. Als nächstes wollte er wissen: „Wie bin ich hierhergekommen?"

„Wir haben ein paar Kilometer entfernt von der Stelle, an der Murksi und Plinsi Sie eingefangen haben, eine gestrandete Rakete gefunden. Damit sind Sie offensichtlich von der Erde gekommen. Jedenfalls konnten die Kollegen vor der Operation bereits von Ihnen erfahren, daß Sie ein Erdbewohner sind."

Bodos Erinnerungsvermögen kehrte allmählich zurück: er hatte sich jahrelang auf eine Weltraumreise vorbereitet, und er wußte auch noch, daß die Rakete im Garten gestanden und das Haus überragt hatte.

„Sagen Sie", begann Kepli, „diese eigenartigen Wesen, mit denen Ihre Rakete bemalt ist, sind das Ihre Präsidenten?"

Bodo lachte heiser und sagte: „Nein, das war reine Phantasie." Er erinnerte sich wehmütig an seine Freunde und Nachbarn, die die Rakete verziert oder dabei zugesehen hatten: Olaf, der Anstreicher war, aber auch Kunstmaler; Holger, mit dem er regelmäßig zum Kneipenbummel nach Bremen gefahren war; Chrissy, die sich dunkler schminkte und meistens zwei Männer hatte; und

Bauer Paulsen, den er oft kaum verstand, weil er nur Plattdeutsch sprach, und der seine Kinder auf dem Heuwagen mitfahren ließ. Die saßen auch häufig bei Bodo auf den Bäumen und pflückten Äpfel, während er drinnen saß und sich mit Astronomie und Raketentechnik beschäftigte. Würde er sie jemals wiedersehen? Als seine Freunde und er mittelalt waren, war er abgeflogen. Wenn er hier wegen Altershirndrucks behandelt worden war, mußte der Flug wirklich sehr lange gedauert haben. Paulsens Kinder müßten schon erwachsen sein und Bodos Freunde im Rentenalter. Er dachte, vielleicht könnte er aus seinem Alter schließen, wie lang er unterwegs gewesen und wie weit er ungefähr geflogen war. Deshalb wollte er sich im Spiegel sehen. Kepli zeigte ihm den Weg ins Bad.

Als Bodo vor dem Spiegel stand, war er entsetzt. Er sah einen hageren alten Mann, dessen weiße Haare in einem Streifen längs über den Kopf liefen, einem Irokesenschnitt ähnlich, aber so lang waren, daß sie bis auf den Boden hingen. An jeder Seite des Kopfes saß eine kleine Mullkompresse, von einem Stirnband gehalten. Und er hatte einen langen weißen Bart. Mit dem Gedanken „Ach, herrjemine" legte er sich ins Bett zurück.

Die folgenden Tage verlebte Bodo schwankend zwischen dem Bedürfnis nach Ruhe und dem Wunsch, nach Hause zurückzukehren. Am dritten Tag nach der Operation besuchten Murksi und Plinsi ihn. Sie ließen ihn wissen, daß die Erde schon seit zwanzig Jahren Mitglied der Organisation der Vereinten Planeten war, wie auch die Reutower, daher verfügten sie auch über Translationstabletten und -infusionen, die bei Erdlingen wirkten, aber ebensogut geeignet waren, die Reutower Englisch, Spanisch und Deutsch verstehen zu lassen. Daher waren sie auch in der Lage gewesen, Bodos Rakete, die sie aus dem Meer geborgen hatten, anhand der Bedienungsanleitung instand zu setzen, obwohl der von einem Computer aus dem Japanischen ins Deutsche übersetzte Text hohe Anforderungen an Geist und Ausdauer stellte.

Nach einer Woche brauchte Bodo keine Ruhe mehr und er war bereit, sich auf den Heimweg zu machen. Er hatte sich gut erholt, und sein frischer, rosiger Teint hob sich von seinen weißen Haaren ab, die die Reutower ihm auf seinen Wunsch kurz geschnitten hatten, so daß er nun einen echten Irokesenschnitt hatte. Rasiert hatten sie ihn auch. Sie hatten ihn gut versorgt, Bodo fehlte es an nichts und er fühlte sich wirklich wohl, aber er wollte kein Rentnerdasein fristen, in dem er nie wieder Menschen sehen würde; lieber wollte er sich dem Unterfangen des Rückfluges stellen, so schwierig konnte es nicht sein, er hatte es ja auch hierher geschafft.

Ein Stück Weg wollte Plinsi ihn begleiten. Für den Rückflug zum Reutow nahm er eine Raumschaluppe mit, die klein genug war, um durch die Luke der Kashifuji zu passen. Vom nächsten Reutower Raketenstartplatz hoben sie ab.

9

Eine folgenschwere Unvorsichtigkeit

Bodo und Plinsi saßen zusammen an der Steuerungskonsole. Plinsi war von der Beschleunigung sehr beeindruckt. Er konnte nur nach hinten sehen, nachdem Bodo den Schub erhöht hatte. Bodo schnallte sich in einem bequemen Sessel hinter ihm fest, damit sie sich unterhalten konnten.

Plinsi erzählte Bodo, wie die Reutower vor über hundert Jahren auf dem Planeten gelandet waren, um Bodenschätze abzubauen. Damit hatten sie so viel zu tun, daß sie sich dort ansiedelten. Er selbst wurde dort geboren. Als er sieben Jahre alt war, begann sich mit Meereskunde zu beschäftigen. Auch Bodo berichtete vom Leben auf seinem Heimatplaneten, aber das meiste verstand Plinsi nicht, es erschien ihm zu verrückt. Dennoch verstanden die beiden sich gut und wurden zunehmend vertrauter, obwohl sie sich gegenseitig so fremdartig fanden.

Als sie das Hypnotron untersuchen wollten, das beiden gleich ins Auge gefallen war, als sie an Bord gegangen waren, drosselte Bodo die Beschleunigung, damit sie sich in der Kabine bewegen konnten, ohne sich ständig festhalten und klettern zu müssen. Bodo dachte sich, es müsse doch eine Beschreibung oder eine Bedienungsanleitung für diesen Kasten mit Glasdeckel geben. Während Plinsi die Küche besichtigte, durchsuchte Bodo mehrere Schubladen. In einer fand er eine Handvoll prächtig geschliffener Diamanten. ‚Die hätte ich auch zu Hause lassen können‘, dachte er verwundert. ‚Hätte ich doch Geld mitgenommen, dann könnte ich ein Hotel bezahlen, falls mein Haus besetzt ist.‘ In einer anderen Schublade fand er das gesuchte Heftchen und begann zu lesen.

Plötzlich hörte er einen dumpfen Bums aus der Vorratskabine, Plinsi stöhnte: „Hilfe!“, und gleich darauf begann er, zum Steinerweichen zu schreien. Seine Stimme klang gar nicht mehr gurgelnd. Ihm mußte etwas Schreckliches zugestoßen sein, obwohl der Bums gar nicht so heftig klang.

Bodo stieß sich ab, schwebte hinüber und sah in die Vorratskabine. Dort schwebte Plinsi mit zusammengekniffenen, eingebogenen Augen und verzerrtem Gesicht über einem offenen Kanister, und seine rechte Hand fehlte. Aus dem Unterarm spritzten wie in Zeitlupe dicke Blutstropfen, und darunter, über dem offenen Kanister, schwebte ein faustgroßer farbloser Tropfen. Plinsis Schreie erstarben, und der Körper erschlaffte. Er hatte einen Kanister geöffnet und hatte ausgetretene Flüssigkeit einfach zurückzudrücken versucht, wobei er sich die Hand zersetzt hatte.

Bodo war schockiert. Nicht nur daß Plinsi tot war und aus seinem Arm allmählich immer mehr Blut strömte und gegen die Wand spritzte, er hatte auch dafür gesorgt, daß unzählige Tropfen einer gefährlichen Flüssigkeit in der Luft schwebten. Der tote Plinsi drehte sich langsam weiter und drohte mit dem linken Bein in den großen Tropfen zu geraten. Bodo traute sich nicht, ihn jetzt anzufassen, um seine Bewegung zu bremsen, und kurz darauf tauchte Plinsis linkes Bein in die Blase ein. Es begann zu zischen und zu brutzeln, und die Haut warf Blasen, bis kurz darauf auch der linke Unterschenkel zersetzt war und das Blut aus dem Beinstumpf auf den Boden hinunterschwebte.

Bodo knallte die Tür der Vorratskabine zu. Entsetzt verbarg er das Gesicht in den Händen. Dann zwang er sich, wieder hinzusehen, um zu prüfen, ob schon bei ihm in der Hauptkabine Tropfen herumschwebten. Er sah keine. Die Tür der Vorratskabine würde er geschlossen halten. Plinsi war nicht mehr zu helfen. Im Lauf der Zeit würden alle Tropfen an den Wänden haften bleiben. Was für ein teuflisches Zeug war das nur? Batteriesäure vielleicht? Aber warum hätte er Batteriesäure in Kanistern mitnehmen sollen? Und hätte Batteriesäure wirklich so schwere Verletzungen verursachen können?

Er setzte sich in den Pilotensessel und versuchte in der Bedienungsanleitung des Hypnotrons zu lesen, aber er konnte sich nicht konzentrieren, seine Gedanken wanderten immer wieder zu Plinsi. Dessen Schaluppe war auch noch da. Sie würde nicht mehr gebraucht werden, Bodo würde sie zur Erde mitnehmen.

Gegen Abend legte er sich zum Schlafen ins Hypnotron und schnallte sich an, aber er ließ den Deckel einen Spaltbreit offen. Die Trauer über Plinsis Tod und die Sorge, was in der Vorratskabine passierte, ließen ihn kaum schlafen. Er überlegte, ob er eine Nachricht zum Reutow funken sollte, aber er wußte gar nicht auf welcher Frequenz.

Am nächsten Morgen begann er sich nach dem Frühstück ums Aufräumen und Plinsis Bestattung zu kümmern. Mit dicken, steifen Schutzhandschuhen öffnete er die Tür der Vorratskabine einen Spaltbreit. Nichts drang heraus, die Luft war rein. Er öffnete die Tür ganz. Plinsis Leiche schwebte waagerecht unter der Decke. Sie war völlig grau. Die halboffenen Augen waren ausgestreckt. Die Flüssigkeit hatte unzählige kleine und teils auch größere Vertiefungen in die Wände der Kabine gefressen, und die Wand war mit geronnenem Blut gesprenkelt.

Bodo suchte den Deckel des Kanisters, der irgendwo in der Kabine herumschweben mußte. Er fand ihn neben einem durchlöcherten Werkzeugkasten, nahm ihn vorsichtig und schraubte ihn auf den Kanister, auf dem „Annihilitikum" stand. Dann schwebte er in die Hauptkabine zurück und zog seinen Raumanzug an. So ausgestattet zog er Plinsis Leiche am Arm aus der Vorratskabine und stellte sich mit ihr in die Schleuse. Er schloß die Tür hinter sich und öffnete die Luke vor sich. Dann schob er Plinsis Leichnam sanft hinaus. Als letzten Gruß warf er ein Bündel vertrockneter Knollenbegonien hinterher, die er einem botanischen Experiment entnommen hatte, er hatte nichts Besseres.

Langsam driftete Plinsi ab, und plötzlich begannen seine Augen zu dampfen wie kochendes

Wasser in einem Topf auf dem Herd, auch sein restlicher Körper dampfte ein wenig. Er wurde kleiner, und schon nach wenigen Sekunden war er nur noch als dampfender Punkt zu erkennen. Kurz darauf verschwand er in der Schwärze.

Die folgenden Wochen verbrachte Bodo mit Beschleunigen, Musikhören und Lesen. Als die Reisegeschwindigkeit erreicht war, wußte er vollkommen über das Hypnotron Bescheid. Mit gemischten Gefühlen füllte er den restlichen Konservierungsstoff in den Tank, er hatte noch anderthalb Kanister. Das würde für den halben Flug reichen, und danach würde er eben noch etwas älter werden. Die Kanister waren unversehrt, da sie aus demselben beständigen Material hergestellt waren wie die Annihilitikumskanister. Dann legte er sich schlafen.

Nach dem Einschlafen träumte er wieder: Er war in der Raketenküche und erhitzte große Mengen Eiweiß im Strahlenkocher. Als er von einem großen Stück abbiß, sah er durchs Fenster, wie seine Tante Veronika eine Besuchergruppe um ihr Haus herumführte … Er hatte noch seine langen braunen Haare, und zwei zarte Frauenhände umschmeichelten seinen Kopf und bedeuteten ihm mit sanftem Druck, den Kopf einmal in die eine, ein andermal in die andere Richtung zu neigen; kurze Zeit später hatte er einen Kurzhaarschnitt ... Später träumte er nichts Besonderes mehr.

Nach dreißig Jahren näherte Bodo sich der Erde. Er schlief immer noch, um der Langeweile zu entgehen. Plötzlich krachte ein ausgedienter Satellit, der seit zweihundert Jahren die Erde umkreiste, in seine Rakete und zertrümmerte sie. Bodo fiel aus den Trümmern und stürzte auf die Erde zu. Er hatte Angst, aber keine sehr große. Beim Aufprall wurde sein Kopf zerschmettert. Er empfand keine Schmerzen, was ihn wunderte. Die Situation war unangenehm, melancholisch, aber er hatte keine Schmerzen. Da fiel ihm ein, daß er so etwas schon einmal erlebt hatte, nämlich in einem Traum. Das hieß, er träumte gerade. Er beschloß, den Traum zu nutzen, um einen schönen Rundflug zu machen. Er drehte sich, so daß er den Wind im Rücken hatte, breitete die Arme aus und ließ sich nach hinten fallen. Er spürte, wie seine Füße sich vom Boden lösten, und waagerecht schwebend hob er ab. Vom Wind getragen, flog er mehrere hundert Meter hoch; da sah er noch die Weiden und Wäldchen auf der Erde. Etwas später umgab ihn nur noch wundervolles Azurblau, und dann öffnete es sich über ihm, und er schwebte hinein in die Schwärze des Alls.

Während er ganz entspannt kreiste, fielen ihm zwei winzig kleine rote Pünktchen ins Auge, die wuchsen, sie schienen regelrecht aufzuquellen. Bodo starrte sie an. Es waren feurige Ringe, die sich überschnitten und immer größer wurden.

Bodo wachte auf. Er lag in seinem Hypnotron, das im Schlafzimmer seines Hauses stand. Ihm fiel wieder ein, daß er es einen Monat lang testen wollte. Er klappte den Deckel hoch und setzte sich auf. Ihm war ein wenig schwindelig, aber sonst fühlte er sich gut. Ein Blick auf den Digitalkalender verriet ihm, daß ein Monat vergangen war. Damit hatte das Hypnotron seine Feuertaufe bestanden! Das bedeutete, bald konnte die Weltraumreise beginnen.

Das mußte gefeiert werden! Es war Abend, dieselbe Uhrzeit, zu der er vor einem Monat schlafen gegangen war. Er rief seinen Freund Holger an und verabredete sich mit ihm. Dann zog er eine weiße Hose und ein gelbes Hemd an und band sich eine rote Glitzerkrawatte um. Fünf Minuten später schwang er sich in sein Cabrio und sauste davon.